みずいろ

ねこねこソフト　原作
高橋恒星　著
秋乃武彦　画

PARADIGM　NOVELS 122

登場人物

片瀬《かたせ》　健二《けんじ》

早くに母親を亡くし、父親に男手ひとつで育てられる。ずぼらだが陽気で思いやりのある性格。雪希のいいお兄ちゃんでもある。

片瀬《かたせ》 雪希《ゆき》　健二の一歳年下の妹。血の繋がりはない。家事全般をこなし兄の面倒をみる健気な少女。

神津《こうづ》 麻美《あさみ》　頼りないが、健二より一歳年上のおっとり少女。返事をするときに、必ず悩むクセがある。

小野崎《おのさき》 清香《きよか》　健二のケンカ友達。体は小柄だが気は強い。頭の巨大な白いリボンがトレードマーク。

進藤《しんどう》 むつき　雪希のクラスメート。健二の前では静かだが実は元気者!?　なにか秘密を持っている。

早坂《はやさか》 日和《ひより》　健二と雪希の幼なじみ。いつもおろおろあたふたしている「へっぽこ」ぶりが特徴。

雪希の章　雪

麻美の章　麻美

清香の章　清香

目次

プロローグ

冷たく澄んだ空気。長い長い坂道がもたらした、白く弾む息がそこに溶けていく。

寒い冬の日。ランドセルを背負《しょ》った少年、『片瀬健二《かたせけんじ》』は電信柱の高架線をびゅんびゅんと鳴らす北風の冷たさに、繋《つな》いでいる手をぎゅっと握り締めた。妹、『雪希《ゆき》』の小さく柔らかな手を離さないようにと。

「…ねぇ、おにいちゃん。今日、面白いテレビあるんだよ～」

「そっか。今日も父さん、帰りが遅いだろうから、早めにご飯食べちゃおうか」

「うん。ご飯食べたら一緒にテレビ見ようね」

そんな普通の会話が自然にできるようになったのも、二人が兄と妹という新しい役割を得て、これで二度目の冬を迎えたからだった。

出会った当初はこうはいかなかった……。

☆　☆　☆

『…ほらっ、健二。この子が雪希ちゃんだ。今日から仲良くするんだぞ』

父親のその言葉と一緒に突然現れた一つ年下の女の子、雪希。健二には、「今にも泣き出しそうな顔の、見たこともないチビ」としか見えない。母親を早くに亡くしたせいもあったのだろう、(女の子と仲良くなんてカッコ悪い)と考える健二は雪希に対して、フンとそっぽを向いた。それを見て、雪希の目から堪《こら》えていた涙がこぼれる。

『こらっ、何だ、その態度は！　健二、雪希ちゃんに謝りなさいっ！』

叱《しか》りつけるのと同時に、父親はゴツンと健二の頭を殴る。

（ボクはなんにも悪くないのに、ぶたれた……）

父親は早く仲良くさせようと、二人を同じ部屋にした。だが、それも又、健二に雪希のことをますます嫌いにさせる結果となった。

（ボクだけの部屋だったのに……宝物の超合金《ちょうごうきん》を並べていた場所も狭くなった……）

部屋の隅でいつも泣いている雪希の存在も、健二は嫌だった。

「うっ、うぅ……おウチに帰りたい。ぐすん、おかあさん……」

雪希は泣き出す前、最後に必ず「おかあさん…」と呟《つぶや》いた。健二は特にそれが疎《うと》ましい。

物心ついた時に、健二は知った。他の家にはいる『お母さん』という存在が自分にはいないことを。その時、健二は別にどうとも思わなかった。そういうものなんだと理解しただけだった。

だが、雪希が「おかあさん…」と呟くたびに、健二はお腹《なか》の辺りがズンと重く感じる。何か石ころのような物がどんどんお腹に溜《た》まっていくような感じだった。

だからある日、健二は泣いている雪希にまっさらな一枚のハガキを渡した。それは、キラキラしたシール付きのチョコを我慢してお小遣いをはたいて買ってきた物だった。

「…ほら、これ、使えよ」

泣き止《や》んだ雪希が「？」という顔で健二を見つめる。

「お母さんに会いたいんだろ。じゃあ、そう書いたらいい」

健二に促されて、雪希は『おかあさん』への手紙を書き始める。

『はやく、あいたいな』……ハガキにはそんな文字と一緒に、水色のクレヨンで描かれた雪希自身の顔が添えられる。絵の中の雪希は楽しそうに笑っていた。健二がまだ見たことのない、にこやかな笑顔がそこにはあった。

ハガキを出してから、雪希は毎日家のポストを覗《のぞ》き続ける。期待に満ちた顔で玄関へと向かい、しょんぼりして帰ってくる日々が繰り返される。何日も、何日も……。

そして偶然に、健二は父親の部屋で見つけてしまう。届け先不明で送り返されてきていた、雪希の書いたハガキを。当然、健二は父親に「なぜ……」と尋ねた。

「……遠い所に引越しをしたからだよ。大きくなったらお前にも分かる」

父親の答えは、以前に自分の母親のことを尋ねた時と同じものであることに、健二は気付く。父親が大きな手で頭を撫《な》でてくるのまで同じだった。

(それじゃあ……これからもあいつは泣いてばかりで、あの絵みたいには笑わない。あの絵みたいに、楽しそうには笑わない……)

健二は、自分がハガキを書くようにと言ったことを悔やんだ。だから、残り少ないお小遣いで又、ハガキを一枚買ってくる。

「ボクが書いたのがバレないように……じょうずに書かないと……」

辞書でなるべく難しそうな漢字を調べ、筆跡も大人《おとな》が書いたように見せるため、健二は何度もハガキを書き直す。その作業を苦労とは思わなかった。ハガキを見た時の雪希の喜んだ顔を浮かべると、逆に健二はワクワクしてくるほどだった。

雪希の『はやくあいたいな』という文面への返事として、健二はこう記した。

『いい子にして、いつも笑顔でいてくださいね』と。

その翌日。健二は雪希よりも早起きして、自分の書いたハガキを郵便受けに入れ、他の郵便物の中に紛れ込ませた。あとは、陰からいつものように雪希がそこを訪れるのを待つ。

しばらくして、雪希が来た。そして、郵便受けの中に自分宛《あ》てのハガキを見つけた。

パァーッと雪希の顔に満面の笑みが広がる。それを見て、少しだけ健二は胸が痛んだ。

(ウソの手紙なんて書いてよかったのかな……)

その心配も、健二に気付いて駆け寄ってきた雪希の言葉の前には吹き飛んだ。

「あっ……これ見て。おへんじが来たの……ありがとう。そのぉ……おにいちゃん」

初めて健二が目にする、心の底から嬉《うれ》しそうな雪希の笑顔。母親に宛てて送った水色の似顔絵と同じ笑顔が、健二に決心させた。母親の代わりにはなれないが、自分が雪希を見守っていってやろうと。

それは同時に父親との二人きりの生活では少し欠けていた、他人への思いやりというものを健二にもたらすことになった。そうでなかったら、健二は一人の少女、『早坂日和《はやさかひより》』

と深く知り合うこともなかっただろう……。

☆　☆　☆

時間は、冒頭の冬の日へと戻る。

手を繋いで帰り道を急ぐ、健二と雪希が公園の近くにさしかかった時だった。

「うわ～ん……ここ、どこ～？　おウチに帰れないよ～」

公園の真ん中に立ち尽くし、そう泣き続けている女の子の姿があった。

雪希を妹に持つ前の健二であったなら、「泣き虫はキライだ」と無視していただろうが、今の彼は渋々ながらも声をかける。

「いつまでも泣いてるなよ。家がわからないんだったら、ボクが探してやるからさ」

「グスッ……ホント？　あ、ありがとう……」

女の子は、「早坂日和…十さい」と自分のことを語り、今日引っ越してきたばかりで、嬉しくて散歩していたら迷子になってしまったと説明した。

「バッカだなぁ。それでほんとうにボクと同い年なのか？　ウチの雪希のほうがよっぽどお姉さんだぞ」

それを聞いて、日和は再び「ふぇーん」と泣き出してしまう。雪希に「おにいちゃん！」と叱られたこともあって、健二は仕方なく日和をなだめるようにその手を握った。

「ボクが悪かったよ。ほらっ、ちゃんとウチまであんないしてやるからさ」

右手に妹の雪希を、左手には知り合ったばかりの女の子、日和の手が握られている。さすがにこの状況をクラスメートの男子にでも見られたら恥ずかしいと、健二の足は自然に早くなり、二人を連れて公園を抜けていった。

この時はまだ健二も予想だにしていなかった。翌日、日和が自分のクラスに転入してくることになろうとは。

すぐに日和は健二のことを当然のように『けんちゃん』と呼ぶようになり、雪希に続いて彼の後ろをちょこまかと付いて回るようになるのにもあまり時間はかからなかった。

そして、雪希が健二を『おにいちゃん』と呼ぶようになってから三回目の冬が訪れた、ある日のことだ。

「…おじゃましまーす！　けんちゃん、雪希ちゃん」

「いらっしゃい、日和お姉ちゃん」

自宅に遊びに来た日和に向かって、いつのまにか『ボク』から『俺《おれ》』と自分のことを呼ぶようになっていた健二がサッカーボールを手にして告げる。

「んじゃ、俺は公園に遊びに行ってくるから」

「えーっ……けんちゃん、出かけちゃうのぉ……ぐっすん」

「うん……おにいちゃん、友達に誘われてサッカーなんだって」

いつものこととはいえ、今にも泣き出しそうな顔をする日和。加えて、心なしかしょんぼりしている雪希。

二人の姿をチラリと視界に入れて、健二の足が一瞬止まった……。

人は自らの意志で行動を選ぶ。だが、その行く末の全《すべ》てを見通せるわけではない。この時の健二の場合も然《しか》りであった。このまま公園に向かうか否か、そしてその後にどうしたかで健二の未来は微妙に変化するのだった……。

雪希の章

それはまだ健二が幼かった頃《ころ》のこと……。

あの日、グズる日和を、そして少し淋《さみ》しそうな顔をしている雪希を置いて、健二は結局サッカーをやりに公園へ出かけた。

しかし、日和と雪希を見て少し躊躇《ちゅうちょ》したせいで約束の時間に遅れたのが悪かったのか、公園に約束していた友人たちの姿はなかった。しばらく壁に向かってボールを蹴《け》りながら時間を潰《つぶ》していた健二だったが、ボールをリフティングしながら呟《つぶや》いた。

「しょうがねーな……ウチに帰って雪希たちと遊ぶか」

その言葉通りに健二が自宅に戻ると、居間で雪希と日和が女の子同士のおしゃべりに花を咲かせていた。

「あっ、おにいちゃん、お帰りなさい」

「どうしたの、けんちゃん。もうサッカー終わっちゃったの？」

健二が姿を見せると共に、雪希と日和のおしゃべりが中断した。加えて少し照れ臭そうな表情を浮かべている二人を見て、健二は好奇心をそそられる。

「なあ、二人で何の話、してたんだよ」

健二の質問に、日和が「しょうらいの夢…」と答え、続けて自分のそれを告白する。

「えっとね……わたしは……けんちゃんのおよめさん……えへへ」

てっきり日和はテレビアニメに出てくる魔法少女になりたいとでも言うと思っていた健

二は驚き、そして呆《あき》れた。即座に「却下！」と言い渡し、今度は話を雪希に向ける。

「雪希はどうなんだよ。その、将来の夢ってのは？」

「わたしは……この前読んだ絵本に出てきた『白馬の王子さま』に会ってみたい」

雪希の夢を聞いて、健二は頭の中で想像を巡らす。

（白馬に乗った王子さまか……女の子らしい夢だけど、いくら雪希のためでもそんな恥ずかしいカッコウは……あっ、なに考えてんだ、俺《おれ》は。雪希は俺に王子さまになってくれって言ったわけじゃないのに……）

自分の夢を告白して照れている日和や雪希と同じように顔を赤くしてしまった健二は、

「どっちも却下！」と二人に言い渡してこの場をゴマカすのだった。

☆　☆　☆

そして、雪希が健二を『おにいちゃん』と呼ぶようになって四回目の冬が訪れる。

「…雪希も大きくなったことだし……二人だと部屋も狭いだろう」

父親のその言葉に始まって、雪希にも自分の部屋が与えられた。

再び一人で部屋を独占することができて喜ぶ健二とは対照的に、雪希はあまり嬉しそうではなかった。その感情は夜が訪れると共に爆発する。

「ぐすっ……暗いよ……誰《だれ》もいないよぉ……おにいちゃぁぁん……」

隣の部屋でその泣き声を耳にした健二はどうしたらいいのか分からず、とりあえず大きな声でロボットアニメの主題歌を唄《うた》って雪希をなごませようとした。その結果、「こんな夜中にうるさいっ！」と父親にポカリと頭を殴られる悲劇が健二を襲う。

だが、殴られた痛みに値する収穫はあった。泣《な》き止《や》んだ雪希が、隣の部屋から「コンコン」と壁を叩《たた》く。その音は健二の耳には、「おにいちゃん、だいじょうぶ？」という意味に聞こえた。健二も壁を叩いてみる。「気にするな」と励ますように。

その日から夜にこうして壁を叩き合うのは、二人にとって習慣のようになった。

強い風がカタカタと窓のガラスを震わせる淋しい夜に……あるいは雪希が何か落ち込むことがあった時には、必ず部屋の壁が双方から「コンコン」と叩かれた……。

☆　☆　☆

仕事が忙しい父親の事情のせいで、健二と雪希が成長するに連れて二人きりで夜を過ごすことが多くなっていった。

そんな父親が珍しく早く帰ってきた日のこと。日頃の後ろめたさからか、父親の手にはオミヤゲのケーキの箱があった。イチゴのショートケーキが三個。それぞれ一個ずつ食べた後、健二は残りの一個を雪希に譲る。遠慮する雪希を見て、健二は「じゃあ、半分こだ」と言って明らかに半分に満たない三分の一ほどを、それもイチゴの部分を避けて自分のぶんをフォークで割った。

「俺はその……イチゴの乗ってないのが好きなんだよ」

照れ隠しにそう言い訳をする、健二。雪希はそんな『おにいちゃん』が好きだった。

「こういう時はいつも半分こにしようね。次はおにいちゃんがイチゴの方だよ」

頭の上の小さな黄色いリボンを揺らしている、雪希の大きな笑顔がそこにあった。それを見て、健二もちょっとは兄らしくできたかなと満足する。

三個目のケーキは自分のぶんだと考えていた父親の落胆はともかくとして。

☆　☆　☆

更に幾つかの冬を経験した後、食事などの家事を手がけるほどに成長した雪希が、健二に兄妹の関係以上に思慕を抱くようになったのも当然だっただろう。ある日、雪希はそれを苦い思いと共にはっきりと自覚する。

それは、ガチャガチャの玩具《おもちゃ》を雪希が健二に渡したことがきっかけだった。その玩具は小遣いをはたいてずっと狙い続けてきた物だったので、健二は「やったー！」と喜ぶ。

「あのね、おにいちゃん。それって日和お姉ちゃんが……」

そう言いかけた雪希の言葉は途中で止まってしまった。健二がお礼として同じくガチャガチャで当てた玩具の指輪を渡してきたことで。

男の健二には分からなかったが、たとえ幼いとはいえ女の子にとって指輪をもらうということには特別な意味が存在する。しかし……。

「いいの、おにいちゃん。本当にこれ、もらっちゃって」

「いいに決まってるさ。こんなにいいもんをもらっちゃった、そのお礼なんだから」

健二の言葉は雪希の幸せな気分を打ち消した。

その夜。雪希は一度も指輪を指にはめることなく、愛用の小箱に入れたそれを机の引出しの一番奥にしまい込んだ。深い後悔と一緒に……。

再びその指輪が陽の目を見ることになるのには、数年の月日を要する。

健二と雪希が同じ高校に通う二年生と一年生として迎える一月二十九日、物語は動き始めるのだった。

☆　☆　☆

「んん……ふぁぁ……さびぃ」

チュン、チュンと小鳥のさえずりが聞こえる中、健二は目を覚ました。部屋一杯に広がる冬の空気、その寒さに又、枕《まくら》に顔を埋めてしまう。カーテン越しに射し込む暖かい朝の陽射《ひざ》しだけが唯一の救いだと感じながら、健二はまどろみの中へと沈んでいく。

「…おにいちゃん、起きてる？　早くしないと遅刻しちゃうよ！」

ドアの外から聞こえる雪希の声が、健二をガバッと勢い良く布団から起き上がらせた。

「はいはい、分かってるって、雪希。今、起きますって」

相変わらず保護者たる父親は仕事に忙しく、今も長期出張中で家にはいない。

二人だけの生活にもすっかり慣れ、今のように雪希の声に起こされることで健二の一日は始まる。そして、雪希の洗濯した制服に着替え、雪希の料理した朝食を摂《と》り、最後には水色のハンカチに包まれた雪希お手製のお弁当をカバンに入れて、健二は学校へと向かう。

　玄関のドアを開けた先には、晴れあがった冬の青い空が見える。

　健二の隣には勿論《もちろん》、雪希の姿がある。一緒に登校するのは小学生の時から変わらないが、制服姿も眩《まぶ》しい今の雪希は少女から一人の女性へ成長を遂げようとしている。

「見て見て、おにいちゃん。ほら、水たまりが凍ってるよ」

「どうりで冷える訳だよな。おいおい、雪希、足元に気を付けろよ」

　子供のように凍った水たまりの上を何度もジャンプしていた雪希は、健二の注意も虚《むな》しく氷に足を取られる。転びかけた雪希に健二が手を伸ばし、期せずして二人は腕を組むような体勢になった。自分の腕にしがみ付いている雪希の姿を、健二は改めて見つめる。

（ホント、可愛《かわい》くなったよな、雪希も。それに……この肘《ひじ》が当たってる、胸の辺りも意外にふっくらと……はっ、何を考えてるんだ、俺は！）

　慌ててパッと腕を離した健二は、内心の動揺を悟られないよう会話を始める。

「その……雪希も大きくなったよな。ちょっと前まではこのくらいだったのに」

「おにいちゃん……このくらいって親指と人差し指を広げられても……私、ハムスターか何かじゃないんだから」

「ハハハ、悪い、悪い。お詫《わ》びに、久し振りに手でも繋《つな》いで登校するか？」

「えっ……ええ〜〜〜っ！　そ、そんな冗談言ってないで……遅刻しちゃうよ」

そう言いつつ、健二の方にある手がワキワキと何かを求めて動いている雪希であった。

☆　☆　☆

学校に到着して下駄箱の所で雪希と別れた健二の前に、まるでバトンタッチするように幼なじみの日和が姿を見せた。

「あっ、けんちゃ〜ん、おはよ〜！　今日も寒いね〜」

間延びした口調で健二に話しかけてくる日和は、成長しても本質的には昔から変わっていない。健二がからかうとオロオロアタフタし、更にツッコむと目尻《めじり》に涙を溜《た》め、少しフォローしてやると途端にニコニコと機嫌を取り戻すといった具合に。

ドジなところも変わらず、日和はこの時も足元に何もない廊下の真ん中でいきなり転ぶ。

「おいおい、どーしたらこんな場所で転べるんだよ。昔からそうだったよな、お前は。変わったのは、スカートの中から見せてるのがネコパンツじゃなくなったことくらいだな」

「きゃっ、み、見ないでよ〜。ヴ〜〜〜、けんちゃんのイジワル〜」

恨みがましく上目遣いで睨《にら》みつける日和だったが、「ほらよっ」と健二が手を差し伸べてやるだけで、すぐに嬉しそうな表情を浮かべる。オマケに、手を握られて「なんだか恥ずかしいよ〜。もじもじ」とワザワザ擬音を口にする始末だった。

☆　☆　☆

お昼時。雪希が健二の教室を訪れ、日和を加えた三人での昼食が始まる。

他人から『シスコン』だと思われても仕方がない行為だったが、健二自身は特に気に止めていない。そもそも健二にはあまり周囲の意見に左右されないところがあった。そのせいだろう、当初は冷やかしていたクラスメートたちも今では「妹さんが来たぞーっ」と知らせてくれるまでになっていた。

「…あれっ、二人のお弁当のオカズ、ちょっと違うような……分かった！　けんちゃん、今でもピーマンが嫌いなんだ！　雪希ちゃん、あんまり甘やかしちゃダメだよ」

「日和お姉ちゃん、別に私は甘やかしてるわけじゃあ……」

「へっ！　俺より好き嫌いの多い日和にそんなこと言われたくないな。今度、お前の苦手なメニューを全《すべ》て集めて、それを強制的に食わせてやるっ！」

「あわわわ……それはちょっと許して……」

こうして食事が進む中、雪希は相反する二つの思いに囚《とら》われる。ずっとこの幸せな時間が続けばいいと思う反面、健二とは単に『仲が良い兄妹』という関係ではいたくないと。

☆　☆　☆

下校の時も、健二は雪希と一緒だった。

途中、夕食の買い物という目的で立ち寄った商店街でバレンタインデーの特設コーナーに遭遇すると、健二はそのことを話題に上げる。

「…まだ二週間も先なのに、商魂逞《たくま》しいよなぁ。くれぐれも雪希はああいう世の風潮には踊らされるんじゃないぞ」

「私はその……手作りだし。それに、毎年、一つしか作らないから……」

その一つとは自分のぶんのチョコだと分かり、健二は照れたようにポリポリと頰《ほお》をかく。

「えっと……まあ、なんだ。雪希もたまには義理チョコとか作ってみても……なっ！」

「クスッ……おにいちゃん、それってさっきの発言と矛盾してるよ」

「あっ、そっか。うん、そーだよな。全面的に雪希が正しい！　うん！」

そう言って、健二は頰をかくだけでは済まないのか、手に持ったスーパーの袋をぶんぶんと振り回した。「おにいちゃん、それって卵が入ってるから……」と注意するのも忘れ、雪希はそんな健二の姿を嬉しそうに見つめていた。

そして、夕暮れに染まる歩道を経て、二人は自宅に到着した。

並んで入った玄関で、「ただいま～」と言った雪希に対して、健二は何となく「お帰り」と言ってみた。一瞬きょとんとする、雪希。

「おにいちゃん？　それって変だよ」

「ん？　そっか？　そー言えばそーかな」

「でも……ちょっと嬉しかったかな」

そう言って雪希は靴を脱いで家の中に入ると、健二に向かってペコリと頭を下げた。

「おにいちゃん、お帰りなさい」

「ただいま……おっ、なるほど。くすぐったい気もするが、雪希の気持ちも分かるな」

それは、誰もいない家に帰ることの多い、二人ならではの感想だった。

そんな些細《ささい》な出来事も一つの原因だったのか、その夜、ベッドに入った健二は、父親不在の今はたった一人の家族である雪希のことにしみじみと思いを馳《は》せる。

（前にクラスメートの誰かが言ってたっけ。「あんたたちって仲良すぎるのよねぇ。少しは妹離れすれば」とかって。でもなぁ、オヤジはああだから、雪希には俺しかいないもんな。だから、俺ができるだけのことはしてやらないと……）

自分でも言い訳めいているなと思いつつ、ベッドから起きあがった健二は雪希の部屋との境にあたる壁を見つめる。今では「コンコン」と叩き合うことはなくなったその壁を。

 いつしか指で壁をなぞっている自分に健二は気付いた。

「な、何をやってるんだ、俺は！　あれは雪希のためにやっていたわけで、別に俺が淋しかったわけじゃあ……えーい、こーいう時は……！」

妙に気恥ずかしくなった健二は、健康な高校生男子なら必ず夜に自室で行うことに没頭しようと、ベッドの下を手で探る。だが……。

「ん？　な、ない！　南山《みなみやま》の奴《やつ》に頼み込んでやっと手に入れた、貴重なえちぃ本が！」

健二秘蔵のえちぃ本は『妹の囁《ささや》き』というタイトルだった。そこから誰もが連想する通りの内容だっただけに、健二は必死で部屋中を探し回った。

「見つからない……もしかして、雪希が掃除か何かの時に見つけて……マ、マズい〜！」

声を抑えた健二の咆哮《ほうこう》が、夜のしじまに虚しく響き渡るのであった。

☆　☆　☆

翌朝。健二を起こしに来たのは、いつもの雪希ではなく日和だった。

「けんちゃん、入るよぉ〜。起きたぁ〜？　ヴ〜っ、起きてよぉ〜っ！」

相手が日和だと知って、健二はワザと起きない。「これが日和に対する、俺のポリシーだ」とでも言うように、ゆさゆさと揺り動かされても意地でも目を覚まさなかった。

それに反して、「日和お姉ちゃん、どう？」と雪希が少し顔を見せただけで、健二は即座に跳ね起きた。当然、日和は拗《す》ねてしまう。

「ヴ〜っ、ヴ〜っ！　けんちゃん、なんでよぉ……ぐっすん」

「日和お姉ちゃん、泣かないで。おにいちゃん、本当は嬉しいんだけど、照れ臭くてワザとああいうことしてるんだから」

「えっ……ホント、けんちゃん？」

「神にかけて言うぞ。絶対に違う！」

そう憎まれ口を叩きつつも、健二としては昨夜のえちぃ本の一件があったので、雪希と気まずくならないためにも日和の存在は助かっていた。

その日の朝食はそのまま雪希と日和の共同作業となった。

そこでも健二は、雪希を褒め称《たた》え、日和の手際の悪さをからかう。だが、珍しく日和はめげずに言葉を返してきた。

「見てなさいよ、けんちゃん。お料理だけじゃなくて、今年のバレンタインこそはちゃんとしたチョコを作ってみせるんだからぁ！　るんらら〜♪」

日和の意気込みに対して、健二の返事は無情だ。

「ラッピングとかだけ手作りで頑張ってくれ。中身は既製の安物でいいから」

それでも健二は、日和の作った少々出来の悪い朝食をたいらげていく。

「大事な妹に、こんなもんを食わせるわけにはいかないからな。犠牲は一人で充分だ」

その言葉が下手《へた》な言い訳であることは、日和も雪希もお見通しである。

逆に健二は鈍感というか、今になってやっと気付いたことがあった。朝食後、三人で連れ立って登校していく途中、そのことを口にする。

「日和、お前さ、たまにこうしてウチに来るけど……お前には授業中に俺を起こすという大切な役目が……ん？　気のせいかな。お前、一日おきに来てるような……」

「そ、そんなことないよ、けんちゃん」

「そ、そうだよ、おにいちゃん。気のせい！　気のせいじゃないかな」

二人が一緒になって否定するのに不自然さを感じた健二だったが、「そっか…」とその疑問をあっさり捨て去る。そんな健二だったから、当然、次のことには気付いていなかった。

その時、日和が健二の隣に並んで歩いているのに対して、なぜか雪希は二人から一歩退《ひ》いてその後ろを歩いていることには。

☆　　☆　　☆

健二も日和のことをいつもからかっているばかりではない。

その日の放課後。人が良いというよりも単に便利に使われて、クラスメートに一人で教室の掃除当番を押し付けられた日和に、健二は手伝いを買って出る。

「…ほら、さっさと済ませるぞ。モップは俺が担当するから、日和は黒板の方を……」

「う、うん。ゴメンね、けんちゃん……でも、嬉しいよぉ～」

相変わらず、しょんぼりしたり、喜んだりと表情をコロコロ変えるのに忙しい、日和。

健二が一言付け加えたくなるのも無理はなかった。

「その代わり、この貸しはデカいからな。日和、覚悟しとけよ。クックックッ……」

「わわわ……覚悟って、けんちゃん、何を……オロオロ～、アタフタ～」

「ったく、お前って奴は見てて飽きないよな。雪希にも見せて……ゲッ、しまった！」

雪希を下駄箱で待たせているのを思い出した健二は、一度教室を離れる。

掃除のことを話せば「私も手伝う」とか言い出しかねないので、雪希には適当な理由を説明して先に帰らせた。その直後に再び健二は重要なことを思い出す。

「あっ……そういえば、昨日の夕飯の時に、明日はスーパーがバーゲンの日だからって、雪希に荷物持ちを頼まれていたっけ。あちゃあ、マズったな」

その後悔が、掃除を終えた帰り道、健二を商店街のケーキ屋の前で立ち止まらせる。

放課後という時間帯もあって女の子たちで賑《にぎ》わう店の雰囲気は、男である健二にとってなかなか入りづらいものがあった。横にいる日和がそれを察して声をかける。

「…けんちゃん、良かったら、私が買ってこようか？　そのぉ、ケーキでしょ？」

「どーして、それが分かったんだ……って、普通、分かるよな。いや……俺が買いに行く。そーしないと意味がないような気がするんだ」

「うん、うん。雪希ちゃんへのオミヤゲだもんねぇ。けんちゃん、優しい～」

「バ、バカ、そーいうわけじゃあ……これはだな、俺が食いたいから買うわけで……」

掃除の件と合わせて、この日は二つも健二の優しさに触れられて、日和は満足だった。

健二の方は、笑顔の日和を見て複雑な思いに駆られる。仲の良い兄妹……それを見守る幼なじみ……そんな図式が果して正しいのだろうかと心の中で自分に問いかけていた。

☆　☆　☆

「…今日は何となく甘いもんが食いたい気分だったんだよな」

そんな言い訳をしてから、夕食後に健二は雪希にオミヤゲのケーキを渡した。

「わぁ～、ショートケーキだぁ！　あっ……四個なんだ」

「ん？　二個ずつで不満か？　いくら優しい俺でも雪希に三個はあげられないぞ」

「え、えっと、そういうわけじゃなくて……ありがとう、おにいちゃん」

まさか、「おにいちゃんと半分こして食べたかった」とは言えず、雪希はそそくさとキッチンに向かい、お皿やフォークの準備を始めた。

半分こはできなかったが、二人でケーキを食べることは、思い出の共有という幸福な時間を雪希にもたらす。妹という立場があってこその思い出だったわけだが、しばし健二とのそういった複雑な事情を忘れられるほどに雪希の心は満たされた。

健二も似たような思いに浸っていたが、一度居間を離れた雪希から「ケーキのお返し」と言って差し出された物に、気分は一気に奈落に落とされた。それは、昨夜、部屋中を探し回っても見つからなかった秘蔵のえちぃ本、『妹の囁き』だったのだ。

「お、おにいちゃん……今度からはもっと見つかりにくい場所に隠しておいてね」

「お、おう……済まんな、雪希。あのなぁ、一応言っておくが、これは別に俺の趣味ってわけじゃなくて……つまり、単にこの本のモデルが気に入っていて……いや、雪希がこのモデルより劣ってるとかって言いたいんじゃないんだ。えっと、だから……」

話せば話すほど怪しさの増す健二が雪希には可愛く思え、ついからかってしまう。

「おにいちゃん、そろそろお風呂《ふろ》が沸《わ》くけど……今日は昔みたいに一緒に入ってみる？」

えちぃ本の中にそういったシチュエーションがあったことを思い出した健二は、「バ、バカ。冗談言うな」と言いつつ、日和の如《ごと》く、アタフタと慌ててしまう。

「なーんだ。残念」と、雪希は小悪魔の微笑《ほほえ》みを残して居間を去っていった。

その後、さんざん迷った末に健二は例のえちぃ本をゴミ箱に捨てた。そして、血の繋がらない妹、雪希とのほとんど二人きりの生活について、改めて考える。

（単純に考えれば、若い男女が一つ屋根の下にってわけで……まあ、この生活もオヤジが出張から戻ってきたら……それに俺が大学に行くようになったら……とにかくこの生活が終わるのもそう遠い先の話では……本当にそうなのか？　俺はそれで……）

☆　　☆　　☆

日曜日。日頃の労をねぎらおうと、健二は小遣いをやりくりして雪希を外食に誘った。

例のえちぃ本に対するお詫びの意味もあったのかもしれない。

出向いたレストランで、二人にとってちょっとした事件があった。

メニューと睨めっこするようにデザートの選択に悩んでいた雪希に、ウエイトレスが囁くように、しかし対面に座る健二にもはっきりと聞こえるように言った。

「遠慮しない方がいいですよ。可愛い彼女のためなら男の人は喜んでお金を払ってしまうものですからね」

雪希は顔を赤くしたまま、店内の喧騒《けんそう》に紛れてしまうような感じで小さくなった。

恋人同士に間違われたこともそうだが、それ以上に健二が「妹ですよ…」とか言って否定しなかったのも、雪希の心をフワフワと夢心地にさせる。

その結果、雪希がこのお出かけをデートのように考えたいと思うのも当然だった。

吐き出す息が、暗くなった夜空へと、その先にある冬の星座たちへと白く漂いながら昇っていく帰り道、雪希は「ちょっとだけ、遠回りしようよ」と健二を誘う。

立ち寄ったのは、所々にポツン、ポツンと明かりが灯《とも》っている公園だった。

「…昔はよく遊んだよね、ここで。みんなが帰っちゃっても結構遅くまで……」

「叱る親がいなかったからな。教育論的には悪い見本かもな、俺たちって」

月の光に照らされた頭の黄色いリボンを楽しそうに跳ねさせながら、雪希は次々と思い出話を語っていく。そんな姿を見て、遠回りも悪くないかなと健二も考える。

「そういえば……昔と違って、暗くなっても泣かなくなったよな、雪希は」

「もう、おにいちゃんったら。私だっていつまでも子供じゃないんだよ。そう……子供じゃないんだから……」

白い息が大気に溶けていくように、雪希のその言葉も小さくなっていった……。

その日のデートの締めくくりは、帰宅した玄関での挨拶《あいさつ》だった。

以前のように健二が「ただいま」ではなく「お帰り」と言ったのに合わせて、雪希も「ただいま」と答えた後に「お帰りなさい、おにいちゃん」と言葉を返した。

一瞬の間があって、二人は顔を見合わせて笑った。

「フフッ……おにいちゃん、このままクセにしよっか、これ」

笑顔でそう言う雪希を見て、健二にも異存はなかった。

☆　☆　☆

学生にとっての悩みの種、テストと呼ばれる災厄が健二にも迫る。

その点数によっては春休みを返上し、赤点組として補習を受けなければならないのだから、お世辞にも優等生とは呼べない健二も頑張らざるを得ない。

なぜか健二とは得意科目と不得意科目がちょうど逆転していることもあって、日和は力を合わせてテスト勉強をするため、連日片瀬家を訪れていた。もっとも、最初の時は補習の危機をリアルに感じた健二に、誘拐のような形で連れてこられたのだが。

二人に気を遣って、雪希が勉強中の健二の部屋に入るのはお茶などを出す時だけに限られた。テスト最終日を明日に控えたこの日も頃合《ころあい》を見て、雪希はコーヒーを持っていく。

「おっ、いつもサンキューな、雪希。うーん、一口飲むだけでコーヒーの香りが身体《からだ》全体に程好《ほどよ》く広がっていくような気がする。これで又、やる気が出るってもんだ」

「あれれっ？　けんちゃん、甘党なのにブラックで飲むの？」

「んなわけねーだろ。甘党一筋十七年の俺を舐《な》めるなよ」

「あの……おにいちゃんのには予《あらかじ》めお砂糖を入れてあるの」

雪希が健二の好みに精通しているに過ぎないと言えばそれまでだが、日和はもっと深く考えてしまう。健二と雪希との間に存在する絆《きずな》の強さ……といったところだろうか。

言葉を失ったように少しショボンとしている日和に気付いて、健二が言葉をかける。

「まっ、日和にはコーヒーも必要ないようだな。シャーペンの端っこの方が好きみたいだし。昔っからそうやって咥《くわ》えてたよな、お前は」

「こ、これは考え事する時のクセで……別に美味《おい》しいわけじゃないよぉ。プンプン！」

「おにいちゃん、女の子に対して失礼だよっ！　日和お姉ちゃん、コーヒー冷めないうちにどうぞ。本当はおにいちゃんって、砂糖が多過ぎて味なんて分かってないんだよね」

健二の言葉から始まって、場は再び和やかな雰囲気に戻った。しかし、その代わりに先送りにされたものがあったのは否定できないだろう。

☆　　☆　　☆

今日でテスト勉強も最後とあって、そのまま日和はお泊まりすることに。

夕食後、必然的にというか、雪希と日和、女の子同士によるお風呂タイムが訪れる。

日和に「覗《のぞ》いちゃダメだからね」と釘を刺されたことが逆に男心を煽《あお》る結果となり、健二は風呂場へと足を忍ばせていく。

『うわぁ～っ！　日和お姉ちゃんって……やっぱり、おっきいんだねぇ』

『えへへ～。でも、雪希ちゃんだって意外と……うふふ、これはじかに確かめないと……』

『あ〜ん……そんな風にされたら……よーし、私だって……』

まるで誘ってるような、風呂場から聞こえる二人の声。それに反して、脱衣所へと通じるドアにはしっかりと鍵《かぎ》がかけられていた。ガックリと肩を落として立ち去ろうとする健二の耳に、今度は気になる会話が聞こえてきた。

『…雪希ちゃん、かわりばんこにしようって約束も結構、大変だよねぇ』

『そうだね。でも、私と日和お姉ちゃんとで交わした約束だから……』

『約束』という言葉が、先程のえちぃな会話以上に聞いてはいけなかったもののように、健二には思えた。

☆　☆　☆

ダイエット的には反対意見も多いと思われるが、寝る前のひととき、三人は日和が持参してきたケーキに舌鼓を打つ。

「お風呂上がりにケーキってのもいいよねぇ。いただきまーす……わっ、わわわ……！」

お約束というか、いつもの粗忽《そこつ》さを見せて、日和は床にケーキを落としてしまった。

日和は「ヴ〜っ」とうなりながらグシャッと潰れたケーキを見つめる。このままでは床を舐め始めるのではないかと思って大きくため息をついたのは、健二だった。

「ほら、そんな顔すんなよ、日和。俺のを半分、分けてやるからさ」

現金にも瞬時に表情を明るくする日和に続いて、今度は雪希が落ち込む。

健二との大切な思い出、最後に一個残ったショートケーキを半分こにして二人で食べた光景が、雪希をモヤモヤした気持ちにさせる。

(私の優しいおにいちゃん……私に……私だけに……)

雪希の気持ちとは無関係に、健二と日和は分け合ったケーキを頬張りながら、最近、近くにオープンした遊園地の話題に終始していた。

「…コーヒーカップとかあると良いなぁ。あっ、あとはメリーゴーラウンドとかも」

「おいおい、随分と乙女《おとめ》ちっくなことを。そーだな……ちょっとしたことでピーピー泣き出す日和は一度、絶叫マシーンで鍛えてやらないとな」

そんな会話に続いて、「テスト休みにその遊園地に行ってみようよ、けんちゃん」と日和が言った時に、とうとう雪希の抑えていた感情は爆発した。

「わ、私も行きたいっ!!!」

突然、大声を出した雪希に虚をつかれて驚く、健二と日和。

「どーしたんだよ、急に大きな声を出したりして。当然、雪希だって一緒に……」

「うん。私だってそのつもりだよ。雪希ちゃんはいつだったらいいかな?」

「あ……ご、ごめんなさい、おにいちゃん、日和お姉ちゃん……」

雪希は本当の気持ちを隠して、ただそう謝るだけだった。

(おにいちゃんとケーキを半分こにしていいのは、私だけ……!)といった、子供っぽいが真摯《しんし》な思いを心の底にしまい込んで。

☆　☆　☆

その日の深夜。暗闇《くらやみ》と静けさが支配するキッチンに、ごそごそと蠢《うごめ》く影が一つ。

その正体は、「なんか軽く摘《つま》む物でも……」と小腹が空《す》いて冷蔵庫を漁《あさ》る健二である。

健二の背後にパタパタとスリッパの音が迫る。パチッと天井の照明が灯ると、パジャマ姿の雪希が健二を見下ろしていた。

「おにいちゃん……お腹《なか》が空いたんだったら言ってくれればいいのに」

健二が「いや、悪いから…」と言うのも構わず、雪希は手馴《てな》れた様子であっという間にお茶漬けを作り、「どうぞ」と彼に差し出した。

「うん、美味《うま》い！　こーいうのをチャチャッと作っちゃうんだから、雪希も大したもんだよな。こう言うのもなんだけど、日和もお前くらいにしっかりしてくれると……」

「そんなことないよ。私がしっかりしてるなんて、そんなこと……そんなことは……」

しつこく否定する雪希の真意が、健二には分からない。

「あ……な、なんでもないよ。おやすみなさい、おにいちゃん」

そう言うと、パタパタとスリッパの音を立てて、雪希は去っていった。気付かずに見過ごしてしまうほど……そんな一瞬だけ見せた雪希の淋しげな表情だけが健二に残った。

そして……気持ち良さそうな寝息を立てる日和が待っている自分の部屋、そこに戻った雪希の方は、机の引出しの奥にしまい込んでいた小箱を何年ぶりかに取り出した。

月明かりの下、雪希はそれをじっと見つめる。

（この中に入っている物は、私のじゃない。あのガチャガチャの玩具は、日和お姉ちゃんがおにいちゃんにあげてって私に託した。だから、この中に入っている物も日和お姉ちゃんの……初めから分かっていたのに、私は……）

何かにすがり付くように、雪希は窓を見上げた。けれど、カーテン越しに見える月は何も答えてくれない。ただ、ぼんやりと雪希の沈んだ顔を照らすだけで。

☆　☆　☆

日和とのテスト勉強が功を奏したのか、健二はなんとか赤点ゼロでテストを乗り切った。そのお祝い(?)も兼ねて、テスト休みに入るとすぐに、健二は雪希と日和と一緒にオープンしたばかりの遊園地に出かける。

様々なイルミネーションと音楽に飾られた空間。日常を離れる楽しみと喜びを一杯に詰め込んだ空気が、三人を包み込む。

「うわぁ〜、すごいねぇ。けんちゃん、あっち見てみようよ。あっ、こっちが先かな」

子供のようにはしゃぎ回る日和。その反応に代表されるように、思う存分一日中楽しむはずだった休日が、思わぬアクシデントから中断されてしまう。

まず手始めにと、ウォータースライダー系の乗り物に乗り込んだ時のことだった。

「日和。初めに言っておくが、水に落ちる時、シートを被《かぶ》るタイミングは大丈夫か？」

「大丈夫だよ～。けんちゃんって心配性なんだから」

これほど信用の置けない『大丈夫』という言葉もなかった。案の定、ビニールシートを取り損ねた日和を、健二が自分のシートの中に抱きかかえるように押し込んだ。

「あっ……」

雪希の時間が止まった。健二がごく自然に日和を水飛沫《みずしぶき》から庇《かば》うのを目にして。そのせいで雪希の方がまともに頭から水を浴びる結果となり、全身びしょ濡れになってしまう。

「どーしたんだよ、雪希。お前はしっかり者だから大丈夫だと思ってたのに」

風邪をひかないようにと即刻お帰りになる前に洩《も》らした健二の言葉が、雪希の胸を貫く。

（私は大丈夫だけど、日和お姉ちゃんはそうじゃない……おにいちゃんの行動が全てを語っていた。やっぱり、小箱の中のあれは……あの指輪は私のじゃないって……）

そして……バレンタインデー前日にあたるこの日の夜遅く、一つの決意を秘めて、雪希は手作りのチョコを健二に渡した。

「おっ、チョコか。いつもありがとな、雪希。あれっ、バレンタインは明日だったよな」

「えっと……おにいちゃん、今年のは絶対、おにいちゃん一人で食べてね。お願い」

「お、おう。分かった」

戸惑ったままの健二を残して、雪希は自分の部屋に下がる。

(日和お姉ちゃんとの約束……破っちゃった。でも、これでいいの。今日だけは良い妹よりも、ただのイヤな子に、自分勝手な子になりたいんだから……)

雪希が思い出すのは、健二からあの指輪をもらった次の日のことだった……。

……朝。小学校へと三人で登校する、いつもの道。だが、雪希は指輪の件で罪悪感を持ち、いつものようには振る舞えなかった。日和が不思議そうな顔で雪希に尋ねる。

『雪希ちゃん、いつもみたいに、けんちゃんの横に並ばないの?』

『ううん、いいの……三人で並んでると、ほかの人のジャマだし……』

う~んとしばらく考え込んだ後、日和は健二に聞こえないよう、雪希にそっと囁いた。

『じゃあさ、かわりばんこって、どうかな~。今日はわたし。あしたは雪希ちゃんって』

罪悪感を少しでも拭《ぬぐ》うように、つられて雪希も言った。

『じゃあ、これからはおにいちゃんにプレゼントする時とかもふたりでいっしょに……』

それが、幼い頃に日和と雪希が交わした約束であった……。

……雪希はあの小箱を開け、中から指輪を取り出した。

(今まで日和お姉ちゃんからずっと借りっぱなしだった指輪……おにいちゃんと一緒に返すね。全部、全部ね。それで明日から私はおにいちゃんの良い妹になるの……二人を笑って祝福できる、良くできた妹に……)

雪希はそう心に誓う。一度でいいから指輪を自分の指にはめてみたい気持ちを抑えて。

翌日はバレンタインデー当日。

雪希が全て段取りをして、健二と日和は二人だけのデートに送り出される。

「昨日は私のせいで、せっかくのお出かけが潰れちゃったから……おにいちゃん、今日は一日、日和お姉ちゃんをしっかりエスコートするのよっ！」

戸惑う二人をよそに、雪希は健二には今日のデートコースを書き記したスケジュール表を、日和にはこっそり例の指輪を渡す。

「日和お姉ちゃん。これ、『幸運のお守り』だから、今日、指にしていくといいよ」

雪希の勢いに押されて、とりあえず健二と日和は出かけた。雪希考案のデートコースはなかなか工夫が凝らされていて、可愛いもの好きな日和に合わせてメインには水族館が用意され、途中で健二が飽きないようにとその近くのゲーセンまで網羅していた。

食事の面でも、ランチは焼立てパンの美味しい比較的に安価なオープンカフェを、ディナーは雰囲気の良い海岸沿いのレストランと、バラエティに富むものだった。

そのレストランで、健二が財布の中身と相談しながらデザートを何にしようかと考えているのを見て、ここがチャンスと日和はバレンタインの手作りチョコを渡す。

「おっ、噂《うわさ》のヘッポコ作か。今年こそ少しは食べられるようになっていればいいが」

「ヴ〜〜っ！　そりゃあ、雪希ちゃんのに比べたら、ヘッポコかもしれいけど……」

「雪希からは昨日の夜にもらってまだ食べてないからな。今日帰ってからじっくりと食べ比べてみるよ。感想は後日ということで」

「えっ……？　昨日の夜……？」

日和が意外な顔をする。そして、何か思いついたような表情で呟いた。

「そう……雪希ちゃんは一歩前に踏み出したんだ……そっか」

☆　　☆　　☆

レストランを出た二人を突然の雨が襲う。

日和が「ジャジャーン」とばかりに、バッグから折りたたみ傘を出した。

「ふ～ん、日和にしては上出来じゃないか」

「えっへん……と言いたいところだけど、これも雪希ちゃんが持っていくようにって」

傘は一本、人は二人。必然的に相合い傘になり、日和はドキドキ状態に。

身体を寄せ合ったことで、健二は日和が指にしている指輪に気付いた。

「ん？　それって、どこかで見たことがあるような……あっ、そーか。俺が昔、雪希にあげた玩具の指輪に似てるんだ」

「えっ？　実はこれも今朝、雪希ちゃんに……けんちゃん、その玩具の指輪って？」

健二から指輪のいきさつを詳しく聞いて、日和は全てを理解した。雪希がなぜこの指輪を自分に託したのか、そして雪希が『前に踏み出そう』としているのではなく、反対に

『身を引こう』と考えていることまで。

　間近に感じる健二の温もりが日和を迷わせる。が……、彼女は心を決めて言った。

「けんちゃん……雪希ちゃんの気持ちに気付いてる？」

　そう問いかけるのに続いて、日和は自分と雪希の間で交わした約束についても語る。

　二人が健二に対してはお互いに抜け駆けしないようにと誓ったことを。朝、学校に向かう時、健二の隣に並んで歩くのもかわりばんこにしていたことを。

「雪希ちゃん、待ってるよ……けんちゃんのことを」

　降りしきる雨の粒が傘の表面に当たる。その音が健二の耳にやけに大きく聞こえた。

（俺は……日和にも雪希にもただ甘えていただけで……誰かを傷付けるのが怖くて……それで自分が傷付くのがもっと怖くて……）

　その場から一歩も動くことのできなくなった健二を、笑顔で日和が後押しする。

「私はいいの。昔から一度してみたいって思ってた、けんちゃんとの相合い傘も今こうして実現できたし……私はそれで満足だから……」

　健二は知った。幼い頃から守ってやらねばと思っていた日和が自分なんかよりもずっと強かったのだと。そして、健二は今ほど日和が好きだと思ったことはなかった。

（でも……俺が守りたいものは別にいる……俺が本当に守りたいものは……）

　手にしていた傘を日和に託して、健二は済まなそうに、けれどはっきりと告げる。

「ごめん、日和……もう一度だけお前に甘えさせてくれ」

健二は傘を飛び出して、雨の中を『守りたいもの』へと向かって走り出した。

残された日和は、まだ健二を励ました笑顔のままだった。

「えへへ……私、泣き虫のはずなのに、今は泣けないよ……なんでかな、けんちゃん……」

涙の代わりに、傘の端からポトリと雨の滴が落ちていった。

☆　　☆　　☆

健二が向かっている場所では……雪希が自室の鏡の前で自らに語りかけていた。

「うん、笑顔だよ。そうしないと駄目。おにいちゃんが帰ってきたら、『お帰りなさい』って笑顔で迎えないと。日和お姉ちゃんと一緒だったとしても、やっぱり笑顔で……」

だが、雪希は笑えなかった。無理に表情を変えようとすると、笑顔とは全く反対のものが瞳《ひとみ》から溢《あふ》れてきてしまいそうだった。

だから、玄関のドアが開く音がしても、雪希は部屋を出ることはなかった。

しばらくして、隣の健二の部屋から懐かしい音が聞こえてくる。じっと耳を澄ますと
『コンコン』と壁を叩く小さな音が。そして……。

「雪希……いるんだろ？　俺、怖いんだ、一人ぼっちで部屋にいるのが。雪希がそばにいてくれないと、俺は……妹としてのお前じゃない。俺がずっと一緒にいたいと思うのは、一人の女の子なんだ。好きな女の子としてのお前が……！」

雪希が壁を叩き返すことはなかった。初めて壁を叩いた時も本当はそうしたかったことを実行する。自分の部屋を出て、健二の腕の中に飛び込んだ。

健二が雪希の柔らかい髪をそっと撫《な》でた。ふわっと流れるように指が通っていく。

「おにいちゃんっ……！」

「雪希の香りは……そう、落ち着くな。ずっとこの香りに包まれていたい」

それは自分も同じだと答えるように、雪希は健二に抱きついた腕にぎゅっと力を込めた。

☆　☆　☆

雪希の唇の温かさ、柔らかさを、健二は同じ自分のそれで感じる。「ん……」と小さく聞こえた吐息ごと雪希の全てを吸い尽くしたいと、少し強く舌を絡めていく。

「ふはぁ……おにいちゃんだけ……おにいちゃんだけなんだからぁ……」

慣れないキスに呼吸を整えようと一度唇を離した雪希が切なげにそう呟いた。

その思いに応《こた》えて、健二は雪希をベッドの上に導き、背後から胸元とスカートを同時にたくし上げた。暗い部屋の中、ひときわ鮮やかに光る白が艶《なま》めかしく健二を誘う。背中のブラのホックを口で咥えて外すと、雪希の乳房がゆっくりと解放された。

「雪希の肌はすべすべだな……ここも柔らかくて気持ち良い」

鼻先でこするように背中を愛撫《あいぶ》しながら、健二は手のひらで雪希の乳房を包み込む。

「ずっとこうしたいと思ってた気がする。だから、もっと雪希の声が聞きたいな」

「んん……私だってそうだよ。でも、声は恥ずかしくて……はぅうん！」

片手だけはちょこんと膨らみ始めた乳首に残して、もう片方は太腿《ふともも》のラインへと。

そして、健二の指はショーツの上から雪希の秘所をなぞっていく。

「うぅん……あん！　おにいちゃんの指に触れられるとゾクゾクしちゃうよぉ……」

指先にしっとりとした感触を感じた健二は、乳首を摘む指と秘所に回した指の両方を優しく強くする。素直な性格と一緒で、雪希の反応はストレートだった。

「はぁぁん……！　駄目、おかしくなっちゃうよぉ。怖いよ、おにいちゃぁぁん……！」

「雪希……雪希の女の子の場所を見せてもらうよ。いいね？」

雪希が小さく頷《うなず》くのを確認して、健二はショーツをそっと下ろす。露《あらわ》になった秘所は少しだけ滴が光っていた。その光景が、健二をぶるっと身震いさせた。

「綺麗《きれい》だよ、雪希……ホント、すごく綺麗だ」

健二は指を光った場所へと這《は》わせていくと共に、宝石にも似た一番敏感な愛芽《あいが》にも伸ばした。包皮の上からでも雪希にその刺激は充分過ぎるほどで、健二に抱きついてきた。

そのまま雪希を膝立《ひざだ》ちにさせて服を全て取り払うと、健二自身も裸になる。

まだ幼き頃、一緒に風呂に入った時と同じような、一糸纏《まと》わぬ姿の二人がベッドの上にあった。その意味合いは今や大きく異なっていたが。

「心配か、雪希？　その……痛かったらちゃんと言うんだぞ」

「うん。でも、平気。私は……おにいちゃんに…ってずっと思ってたから……」

健二は深呼吸を一つすると、今まで自分でもここまで大きくなったのは初めて見る分身を雪希の処女地へと押し当てていく。ゆっくりとした動作に、雪希の顔が歪《ゆが》む。

「……っ！　だ、大丈夫…だから……最後まで……お願い、おにいちゃん」

目尻に光る涙と、キュッと唇を閉じて耐える雪希の仕草が、健二の前進を止めた。

「雪希……無理しなくてもいいぞ。俺はお前のその気持ちだけで嬉しいから……」

雪希は首を振って健二が止まることを拒む。そして、言った。

「だ……駄目……もう、私……おにいちゃんから離れたくないの……！」

そんな健気《けなげ》な言葉を受けて、応えられない男がいるだろうか。

雪希の狭い中を押し進み、やがてプツッと何かが破れる感触を健二の分身は感じ取る。

「雪希、分かるか？　これでお前は俺の……」

「う、うん。私、嬉しい……こんなに痛いのに、私、嬉しいんだよ、おにいちゃん」

一旦《いったん》動きを止めた健二だったが、思ったよりも狭い雪希の中は痛みもすぐには治まらないと判断した。今はこの初体験を早く済ませようと、腰の動きを再開させる。雪希もそれを求めてくれていると信じて。

「雪希……もうすぐだ……もうすぐ俺も……」

絶頂の予感を告げると、雪希の腕が健二の首に絡める。

「はぁ……はぁっ……おにいちゃん、好き……大好きぃぃぃいっ！」

その言葉が射精を導く。健二は素早く分身を引き抜き、放たれた大量の精は雪希の白い肌の上に飛び散った。

荒い息でベッドの上に倒れ込んだ健二の横で、雪希が自らの胸の谷間に付着した液を指ですくって、じっと観察を始めた。

「……これが男の人の…なんだね。これで赤ちゃんができるなんて、ちょっと不思議」

無邪気にそんなことを言う雪希が、たまらなく愛《いと》しいと健二は思うのだった。

☆　☆　☆

高まった熱情が緩やかなものに変わった頃、健二と雪希は一つの布団に一緒に包《くる》まり、ポツリポツリと言葉を交わす。

「…今すぐってわけにはいかないだろうが、オヤジにはちゃんと俺たちのこと話さないといけないいな。『勘当だ！』とか言われるかもしれないけど」

「私もお母さんに知らせたいな……あっ、今度はハガキで知らせるわけじゃないから、返事の心配はしなくてもいいからね、おにいちゃん」

「それって……あーっ！　雪希、あの返事、俺が書いたって気付いてたのか？」

「もらった時は気付かなかったけど、少ししてすぐに分かったの。だって、消印がなかったし、おにいちゃんしかあんなことする人いないし……それでも嬉しかった」

健二は雪希をぎゅっと抱きしめて、自分の照れた顔を見られないようにする。

雪希の方も自分から健二の胸に顔を押し付けた。その鼓動を確かめるように。

☆　☆　☆

そして……数日後の公園において、一つの儀式めいた出来事があった。

陽光に照らされて小さく光る『みずいろ』の指輪が日和の手から一度健二に返され、そして健二の手で雪希の薬指にはめられた。

「うん、これで納得！　でも、雪希ちゃん、その指輪に飽きるようなことがあったら、私にちょうだいね……なーんて。えへへ、えへっ……ぐすっ、うっ、ううっ……」

様々な感情が交錯したのだろう、感極まった日和はポロポロと涙をこぼし始めた。

その日和を抱きしめた雪希の目にも涙が浮かぶ。

二人の姿をただ見守ることしか、今の健二にはできなかった。

だが、目を逸《そ》らしてはいけないと健二は強く思う。日和との新たな関係をこれから築いていくためにも……。

AFTERえちぃSTORY　『ぶるまぁの囁き』

「なんじゃ、こりゃ？『ぶるまぁの囁き・おにいちゃんといっしょ』って一体……」

俺、『片瀬健二』は、『悪友』と書いて『とも』と呼ぶクラスメートの南山から借りてきたビデオテープのタイトル名を見て、あ然としていた。

対外的には妹だが、今やらぶらぶハッピーになっている『雪希』と一緒に食後のひとときをエンジョイしようと、ハリウッド大作のラブロマンス、『タイタニック・イン・パールハーバー』を用意しようとしていた俺の計画は初っ端《しょっぱな》からつまずいた。

南山の奴が故意に間違えたのは明らかだ。奴から借りたえちぃ本、『妹の囁き』を先日、俺が勝手に捨ててしまったのをまだ恨んでいるのだろう。（ここはひとっ走り、レンタルビデオ屋に行って……）などと考えていた時、俺の中の悪魔が囁いた。

『ケケケ……チャンスじゃねえか。最近、Hもマンネリだったろうが、雪希を騙《だま》して一緒にビデオを観賞し、その後はお楽しみタ一イムってことで……』

初めて結ばれて以来、三日と開けずにHはしていたが、雪希は消極的であまりバリエーションがないのは確かだった。それに、来月にはオヤジが出張から帰ってきてしまうので、現在のビューティフルえちぃライフも残りわずかというわけだ。

『恋人同士がアダルトビデオで盛り上がり、聖なる生殖活動へとなだれ込む……カップルとして正しい行動と言えるでしょう。何ら恥じることはありません』

俺の中の天使までそう囁いてきたことで、全ての意志は統一されたのだった……。

☆　☆　☆

「わぁ～、楽しみだね～。この映画ってすっごくロマンチックなんだって」

そうワクワクしていた雪希の様子は、ビデオが進むに連れて変わっていった。

クレジットの『主演・エリコ〇六才』や、明らかに聞こえる日本語を見て雪希が戸惑うたびに、俺は「ディレクターズカット版だ」「日本向けバージョンだ」とか言ってゴマカしていたが、さすがに画面にブルマー姿の女性が登場し、えちぃなポーズでオナニーを始めるに至っては言い訳のボキャブラリーも尽きた。

「おにいちゃん、これって、その……え、え、えっちなビデオじゃあ……」

雪希がモジモジしながら真実を言い当てる。そこで、俺は語りを入れてみることにした。

「…ぶるまぁは漢《おとこ》のロマンだ！　ほとんどの成人男子の夢と言っていいだろう。だから、無論、俺も好きだ。激LOVEとここに宣言する！」

続いて俺は青年の主張に移った。その筋の調査では、「男の八十パーセントが愛する女性のぶるまぁ姿を見たいと思っている」という結果が出たとか……「次のユニ〇ロの目玉はぶるまぁだ」とか嘘《うそ》八百を並べ立てたのも、全て次の雪希の言葉を導き出すためだった。

「じゃ、じゃあ……もしも私がブルマーを穿いたら……おにいちゃんも喜んでくれる？」

☆　☆　☆

そして今……さしずめ『ユキちゃん・○六才』といった感じの眩しいぶるまぁ姿でベッドに横たわる雪希が、俺の目の前にあった。

「はう〜、恥ずかしいよぉ……騙されてる。きっと私、騙されてるよ……」

そう言いつつ、雪希はさっきのビデオの内容をなぞるように、指を太腿から股間《こかん》の膨らみへと滑らせ、丁寧にこすり続ける。初めは雪希も嫌がったのだが、俺が「しょんぼり……しょぼ〜ん」と言うとすぐに受け入れてくれたのだから、やっぱり雪希は最高だ！

「はぁはぁ……おにいちゃん、そんなに見つめないでよぉ……あうっ、はぁぁん！」

雪希は指をアソコの縦の割れ目に沿って、何度も往復させる。だんだんと息が荒くなっていくのと同時に、わずかに濡れたような音が聞こえるのは俺の錯覚だろうか。いや、いや、ぶるまぁの生地も変色しているような……ここは直接確かめねばなるまい。

「はい、するするーっと……あっ、いっけねぇ。一緒にパンツまで下ろしちゃったか」

「あ〜ん、そ、そんなぁ……おにいちゃん、ワザとやったくせに〜！」

ピンポーン！　正解だ、雪希。それにしても……自分で脱がせておいてなんだが、上は体操服で下はスッポンポンというのは、思っていたよりもえちぃだ。それに……。

「雪希……アソコ、もうビショビショだぞ。雪希もぶるまぁにそんなに感じてたとはな」

「だ、だってぇ……おにいちゃんの前で自分で…するなんて初めてだから……」

くーっ、嬉しいこと言ってくれるぜ……なーんていう感動とは裏腹に、俺は欲望のままに雪希への次の要求を口にする。

「んじゃ、大きく足を開いてくれる？　こう、パカッって感じで」

これには雪希も抵抗する。いつもＨする時は電気を消した部屋だったが、今はバッチリ明かりが照らしているのだから無理もない。だが、俺もここで引くわけにはいかない。

俺はさっきまでぶるまぁの布越しに慰めていた雪希のアソコに指で直接触れた。クチュという音と共に指は簡単に膣内《ちつない》に吸い込まれ、愛液がヨダレのように溢れる。

「はふぅん！　いきなり指、挿《い》れるなんて……ふわぁうっ！　あんっ！」

少しずつだが、雪希の腰は俺の指を求めて動き出す。しかし、俺は指をすぐさま抜いた。

「さあ、雪希。足を……俺、ちゃんと見たいんだ。雪希のアソコは俺だけのものだろ？」

「も、もう！　おにいちゃんがそこまで言うなら……言っておくけど、私がそうしたいんじゃないからね。飽くまでもおにいちゃんの頼みだから、私は……」

前置きはともかく、雪希は足を開いてくれた。太腿の奥には、テカテカと愛液が光る雪希の局部が見え、柔らかい恥毛がぺったりと貼《は》り付《つ》いてその形状が露になっていた。

俺は雪希へのご褒美も兼ねて、指をアソコに根元まで一気に突き立てた。ぶしゅっという音に少し遅れて、雪希の身体がぶるぶるっと痙攣《けいれん》する。激しく指を出し入れするだけで、雪希の可愛い喘《あえ》ぎ声が部屋中に響き渡った。

「雪希、次は後ろを向いて。そう、お尻を俺に向かって突き出すように」

雪希は意外にも素直に従った。それどころか、俺のリクエストでノーブラだった胸を体操服の上から自分の手で揉《も》み始めている。これもあのビデオのせいだろうか、今日の雪希はいつもより積極的でえちぃだ。負けずに俺も雪希のアソコにむしゃぶりついた。さっきまでそこを責めていた指は、プックリと膨らんだ小さな突起へと。

「あっ、あっ、あぁぁん！　お、おにいちゃん。もう私、イッちゃいそう。だから……」

俺は「？」という顔をしてワザと焦《じ》らす。我ながら、実に卑怯《ひきょう》でえちぃな行為だ。

「おにいちゃんのが……欲しいの……イク時はおにいちゃんのがいいのぉぉおっ！」

雪希のファイナルアンサーに、俺は自分の分身を挿入するという行為で応える。もう何度もしていたが、やっぱり雪希の中に侵入する瞬間は俺にとって至福の時だ。

「あはぁぁぁんっ！　おにいちゃんの、いつもよりおっきい……すっごく、いいよぉ！」

雪希の乱れよう、そして締め付けの強さ……これもぶるまぁ効果なのだろうか。だったら、次は『裸エプロン』とか……いや、ここはギャップの激しさも考慮して、女王様といった風のボンテージなんてのも……腰を動かしながら、俺の妄想は果てしなく続く。

でも、結局のところ、俺は雪希が好きで、全てはそこが原点なのだろう。この後、俺を射精に導いたのも、雪希の次の言葉だったのだから。

「おにいちゃん、今日、大丈夫な日だから……だから、膣内《なか》に……膣内に出してぇぇっ！」

End

清香の章

それはまだ健二が幼かった頃《ころ》のこと……。

あの日、グズる日和を、そして少し淋《さみ》しそうな顔をする雪希を置いて、健二は結局サッカーをやりに公園へ出かけた。残してきた二人のことが心に引っかかってはいたが、友人たちとサッカーボールを蹴《け》っているうちにそれは健二の頭から消えていた……。

そして、時の流れは少しずつ兄妹の関係も変えていく。

小学校からの下校の際、誰《だれ》に命じられたわけではないが、健二はいつも雪希を迎えに行き一緒に帰っていた。それが当然だと思っていた健二は、ある日こう考える。

「…雪希も大きくなったから、もう大丈夫かな」

その結果、約束した以外は二人が別々に下校するようになってから数日後のことだった。

健二は、下校途中の公園で雪希が知らない女の子と遊んでいるのを見つけた。

雪希の紹介で、健二は小柄だが自分と同い年の、大きな白いリボンが特徴的な女の子、『小野崎清香《おのさききよか》』と知り合う。だが、知り合った早々、風のイタズラで舞い上がった清香のスカートの中を健二が見てしまったことから、二人は険悪な雰囲気になった。

「な、なんですってーっ！　何が『バッチリ、丸見え』よっ！　このスケベ、女の敵！」

「俺《おれ》はウソをつくのがキライなんだよ。それに、お前のパンツなんて見たくなかったぞ」

損な役回りに立たされたのは、雪希だ。二人を仲裁しようと思い、清香に話を振る。

「清香さん、その……あっ、お母さんから習ったっていう、砂絵、私にも教えてくれる？」

「えっ……うん、いいわよ。じゃあ、今から私のウチに来る？」

雪希としては折り合いの悪い二人を何とか引き離そうと考えたわけだが、そう巧《うま》くはいかなかった。帰るだろうと思っていた健二が、「俺も行く」と言い出したのだ。健二の心境は、（こんなキョーボーなヤツに大事な妹をまかせておけるか）というもので、清香に対する挑発的行為は彼女の家に行ってからも続いた。

「…フン！　なんか、砂絵とかってけっこうカンタンそーだよな」

清香が雪希に砂絵を教えているのを横から覗《のぞ》き見《み》て、健二はそう口出しした。ムカッとした表情を隠しもせずに、清香は「じゃあ、やってみなさいよ」と健二の挑発に乗る。

「へっ、見てろよ。こんなの、ちょちょいのちょいだ！」

ガサツに見えても、健二はなかなか手先が器用で図工の成績も良い。出来上がった絵を見て、清香も「な、なかなかやるじゃない」と言わざるを得なかった。調子に乗った健二は、机の上に置かれている、水色の砂が入った小瓶に目をつけた。

「おっ、これ、キレイだな。よーし、次はこの砂を使って……」

健二が伸ばした手から守るように、清香は凄《すご》い勢いで小瓶を胸に抱きかかえる。

「これはダメ……ダメなの！　これはお母さんに……」

部屋の中に少し気まずい空気が流れる。それが、健二と清香が出会った日のことだった。

☆　☆　☆

そして、二月十四日、バレンタインデーのことだ。

健二は、公園で彼が密《ひそ》かに『おばけリボン』と呼んでいる清香とばったり出くわした。

夕陽が大きなリボンに長い影を落とす中、顔を上げた清香の目は赤かった。

「夕焼けのせいじゃないよな……えっ！　もしかして、お前、泣いてんのか？」

清香は何も喋《しゃべ》らない。グスッと鼻を鳴らしたのが、健二の質問に対する答えだった。

一つ年下の雪希よりも小柄な身体《からだ》に似合わぬ気の強さ、それが清香の真骨頂だったのだが、今は見る影もない。初めて目にするその弱々しい姿に、健二はオロオロするばかり。

何とか泣くのを止《や》めさせようと健二はいろいろとやってみるが、清香の涙は止まらない。

健二は諦《あきら》めなかった。おどけてみたり、あるいは挑発してみたり……。日が暮れ始め、家々の窓に明かりが灯《とも》る頃になってやっと清香は泣き終え、一言呟《つぶや》いた。「バカ……」と。

「なにおう！　バカはお前の方だろ。今日だって宿題、忘れてたくせに！」

「あ、明日を見てなさいよっ。それに、次のテストだって！」

涙を拭《ぬぐ》った清香は、少し怒ったような顔をした後、健二に背を向けて走っていった。

二人の関係はそのような形で続いていく。それに変化が起きるのは……。

☆　☆　☆

「…おにいちゃん、久し振りって感じがしない？　こうしてゆっくり学校行けるのって」

「雪希、朝っぱらから皮肉は勘弁してくれよ。なるべく寝坊しないようにするからさ」

いつもの道を、健二は雪希と一緒に登校していく。時が過ぎ、二人とも高校に通うようになった今もこれは変わらない。最近、とみに可愛《かわい》くなった妹に悪い虫でもつかないようにと親心に近い健二の思いが、その原因だったろうか。(俺、雪希が嫁に行く時、花嫁の父の心境で泣いてしまうかも…)といった複雑な心境を胸に抱える健二であった。

「けんちゃ〜ん、おはよ〜〜っ……いったた〜い!」

遠くから間延びした声で健二に呼びかけてきたのは、幼なじみの日和だ。最後の「いったた〜い」は、いつものように転んだのだろう。

「やれやれ。何もない場所で転ぶのは、もはやお前の特技だな。ギネスにでも申請すっか」

そう言って健二が手を貸してやるのも、これでギネスブック並みの回数を重ねていた。雪希だけではなく日和に対しても、健二は保護者的な立場にいる。もっとも、バレンタインデーの手作りチョコの味見まではいいとしても、ボーイフレンドとの初デートにまで日和に付き合わされそうになった時は、さすがに健二もキッパリと断ったが。

他愛のない会話を二人と交わしているうちに、健二は学校に到着する。下駄箱で雪希と別れた後、もたもたしている日和を置いて教室へ向かった健二は、廊下でいきなり背後からタックルをかまされた。

「ほら、ほらっ! 朝からボーッとしてるんじゃないわよっ!」

低血圧とは程遠いその元気な声は、健二の幼なじみ二号、小野崎清香だ。

「てめー、自分からぶつかってきて、ビッグな態度じゃねーか。ミニマムな胸と違って」

「ぐっ……！　ミニマムって、見たことないくせに！　まあ、見せる気なんてないけどね」

成長しても二人がケンカ友達なのは変わらない。健二が清香の頭にある大きなリボンを『巨大パラボラアンテナ』『人間タケコプター』などと言ってからかうのも日常茶飯事だ。

「それにしても……お前って、オランダの広告塔か？　頭にでっかい風車なんかつけて」

「な、なんですってぇーっ！　どこが風車よ！　今の発言、取り消しなさいっ！」

そんな二人に向かって、いつのまにか追い越していた日和が教室から声をかける。

「二人とも～、仲が良いのはいいけど、もう先生、来てるよ～」

慌てて教室へ駆け込んだ健二と清香が、遅刻を免れたかどうかは定かではない。

とにかく、これが高校二年である健二の日常であった。

☆　　☆　　☆

ある日のこと、珍しく元気のない清香の姿があった。

「どうした？　今になってようやく自分の胸の貧弱さに気付いて悩んでるのか？」

健二がそうからかっても、いつものような反撃がない。

「う～ん、リボンは故障してないようだな。ちゃんと日光からエネルギーを吸収してるぞ」

「あ、あんたねぇ……あっ、そーよ！　健二、あんた、描いてみなさいっ！」

清香から返ってきた言葉は健二にとって全く不可解なものだった。戸惑う健二に、続い

て清香は「これ、砂絵軽装備セットね」と言って、砂絵の道具を押しつける。

「描いてみろって、砂絵のことか？　そーいえば、昔、お前の家で雪希と……」

「そーよ！　モチーフは好きなものでいいから。あっ、明日までだからね」

当然、「どーして俺が……」と拒否する健二だったが、「フフン、自信がないのね」という清香の挑発にまんまと乗せられてしまう。健二の性格を見抜いた清香の勝利である。

「明日はその貧弱な胸を反らせないようにしてやる。リボンも面積を縮小して待ってろ！」

そう捨《す》て台詞《ぜりふ》を残して去っていった健二が自分の迂闊《うかつ》さに気付いたのは、その夜遅く、眠い目をこすりながら砂絵を仕上げている最中であったという。

☆　☆　☆

翌日。絵の出来は無視してその手際の良さを見た清香は、健二に今度は「今日から私の砂絵を手伝いなさい」と命じる。さすがに「その手には乗らん」と健二も拒絶したが……。

「…あんた、南山《みなみやま》からエッチな本、譲ってもらったでしょ。それも、『妹の……』とかいうタイトルのを。このことを雪希ちゃんが聞いたらどう思うかしらねぇ」

雪希のことを持ち出され、それを脅迫の材料にされると健二に拒否権はなかった。

「うぐぐ……手伝えばいいんだろ、手伝えば！」

「あらっ、反抗的ねぇ。急に口が軽くなるような気がするなぁ。特に雪希ちゃんに対して」

「……て、手伝わせて頂きます。胸も大きく、リボンがとってもお似合いな、清香お嬢様」

立場の弱い健二は皮肉を込めてそう言うので精一杯だった。

その日の放課後。健二は泣く泣く清香の家に連行……もとい同行を余儀なくされた。

「…お帰りなさい、清香ちゃん。あら、こちらは……？」

玄関で出迎えたのは、清香の母親、『ゆかり』だった。雪希や日和から話には聞いていたが、年の離れた清香の姉にも見えるゆかりの意外な若々しさに、健二は驚く。

「前に話したでしょ。雪希ちゃんのお兄さん。それから、私の部屋には入ってこないでよ」

再び、健二は驚く。母親、ゆかりに対する清香の口調の冷たさに。

しかし、健二に他人のことをかまっている余裕はない。現在のこの状況からどうにか抜け出せないものかと思案する。おかげで、清香が部屋で砂絵の説明をしている時も……。

「…ちょっと、あんた、ちゃんと聞いてるの？　今、説明したこと言ってみなさいよっ！」

「えっ？　ああ、聞いてるって。まずは……砂をまぶす、だろ？」

「その先は……？」

「えっと……砂をまぶす……それから、砂をまぶす時…砂をまぶせば…砂をまぶそう！」

清香のグーパンが健二の頬《ほお》に浴びせられたのは当然の結末だろう。

実際に砂絵の作業が始まると、思いのほか苛酷《かこく》なものだった。それは長時間に及び、いつしか時計の針が夜中の二時を指していた。

「ゲッ！　もうこんな時間かよ。あっ……いっけねぇ、雪希に……」

「雪希ちゃんになら電話しておいたわ。しばらくの間、お兄さんを借りるってね……まあ、今日はこのくらいでいいかな。このまま泊まっていきなさいよ。明日も働いてもらうから」

有無を言わせぬ清香の言葉に、弱みを握られている健二は従うしかない。

清香が風呂《ふろ》へ入った隙《すき》を見て、健二はその母親、ゆかりに望みを託した。「ゴー・ホーム」と言ってくれるのを願って、健二はそれとなく自分が泊まることの危険性を匂《にお》わせてみる。

「マズいっすよねぇ。クラスメートの女子の家に男子が泊まるなんてのは……」

「いいえ、ウチは主人が単身赴任中なもので、却《かえ》って心強いくらいです。それに雪希ちゃんのお兄さんなら安心ですし。そうそう、お布団を用意しないと……」

気落ちした様子で、健二は「居間のソファーでいいっす」と呟くのだった。

☆　☆　☆

清香に「ご苦労さん。じゃあお休み」と言われてからおよそ一時間後、暗闇《くらやみ》の中を健二は動き出した。今の苦境から逃れるためには、自分も清香の弱みを握るしかないというのが健二の出した結論であり、そのために彼は清香の部屋へ忍び込む。

静かに部屋のドアを開け、まずは耳を澄ます。清香の「ク～、ス～」という寝息を確認すると、健二はそろりそろりと暗い部屋の中に足を踏み入れていった。

「俺の場合、えちぃな本はベッドの下。えちぃなビデオはタンスの奥の奥だから……」

清香を起こさないようにという理由から、健二はタンスの方を選んだ。適当にタンスの何段目かの引出しを開け、手探りで掴《つか》んだ物は……。

「ん？　この布みたいな感触は……丸まってるのを広げて……パ、パンツじゃねーか！」

反射的に、健二が清香の物と思われるピンクのショーツに顔を近付けて匂いを嗅《か》いでしまったのは、悲しい男の性《さが》だろう。しかし、タイミングは最悪だった。

「……あ、あんた、何してんのよ……あーっ！　それ、私のパ……じゃないっ！」

声に続いて明かりがつくと、そこには鬼の形相をした清香が立っていた。

「ま、待て、清香！　俺が手に入れようと思ってたのは、こんなパンツなんかじゃあ……」

「こんな…」という侮辱的な言葉が、清香の怒りの炎にガソリンを注いだ。健二は清香にボコボコに殴られた末に、部屋を叩《たた》き出《だ》された。加えて、『下着泥棒』の汚名という新たな弱みを握られてしまう最悪の事態も伴っていた。

☆　☆　☆

それから、放課後には必ず清香の家に通うという、健二の苦難の日々が続いた。

辛うじて、「雪希を、女の子一人で家に置いておくわけにはいかない」という主張だけは受け入れられ、自宅に帰るのだけは許可を得たが、作業自体の辛《つら》さは変わらない。

健二は幾度も懲りずにエスケープを試みたが、そのたびに清香の言葉に阻止される。

「…雪希ちゃんも可哀想《かわいそう》よね。外道な兄の本性を知ったらさぞ悲しむことに……」

そう言われては、素直に従う道しか健二には残されていなかった。

ヤケクソと諦め気分で半々になっていた健二は、砂絵の作業中、清香にふと聞いてみた。

「今更って気もするが……どーして俺が手伝わなきゃならんのだ、清香よ」

「あんたの手先が器用だからよ。前に日和に手伝ってもらった時は酷《ひど》い目にあったから。それに……」

清香が言葉の途中で言いよどむ。そこに潜む微妙な女心に健二は気付かない。

「それにって……なんだよ。まだ他に何かあんのかよ？」

「なんでもないっ！　ほらっ、手を休めないでよっ！　もう期日まであんまり日がないんだから。二月十四日のお母さんの誕生日まで……あっ！」

勢いで砂絵の目的らしきものを洩《も》らしてしまったことで、清香はその後無言になった。

特にそのことを気に止めていなかった健二だったが、時間の短縮という名目で、作業と並行して食事を摂《と》るため、ゆかりが清香の部屋に夕食を運んできた時のことだった。

「食事を運び終えたら、さっさと出てってよ。用がないんだったらいることないでしょ！」

いつものようにゆかりに対して冷たく当たる清香を見て、健二は「おい、清香。ちょっと言い過ぎだろうが！」と咎《とが》めつつ、先程の会話を思い出した。

（あっ、そーいうことか……お母さんの誕生日が砂絵の締め切りということは、つまりはあれをプレゼントするってわけで。ったく、素直じゃないんだからな、清香の奴《やつ》は）

　この時はそう単純に考えた健二だったが……。

☆　　☆　　☆

　ある日、苦難の日々にも変化が起きる。連日の深夜までの作業が祟《たた》ったのだろう、過労から来る風邪をひいた清香が突然学校で倒れたのだ。

　成り行きで、健二が背中におぶって清香を自宅まで連れていく。その途中、清香が悪夢にうなされるように洩らした言葉が健二には気になった。

「絵が……砂絵が、完成しちゃう……完成しちゃったら、私は……」

　それは、まるで砂絵の完成を望まないような言葉だと健二は思った。

　その後、自宅に連れ帰ってベッドに寝かせた清香が、目を覚ますとすぐに砂絵の作業を始めようとした行動とも、先の言葉は全く矛盾していた。

「お前なぁ、そんな身体でやったってしょーがねえだろ。ちゃんと寝てろよな」

　てっきり、「うるさいわねぇ。私に指図しないでよ」とでも言い返してくると健二は思っていたが、あっさり清香はベッドに戻っていった。そして、健二が部屋を去る時も……。

「健二……今日はそのぉ……ありがとう」

　今まで聞いたことのない清香の殊勝な言葉に、健二は戸惑いを隠せない。

　その心の揺れは自宅に帰った後も続いていた。久々に清香と砂絵から解放されたにも関《かか》わらず、健二の気持ちは晴れやかというわけではなかった。

「『ありがとう…』か。清香のことだ。同情させて、俺を又、こき使おうとでも……」

自室のベッドに寝転びながら、健二はそう呟いてみた。しかし、言葉とは裏腹に健二の意志は固まっていた。（砂絵の完成までは、付き合ってやるとするか）と。

☆　☆　☆

翌日の放課後。お見舞いも兼ねて清香の家を訪れた健二は、まるで台風が過ぎ去った後のように荒れた清香の部屋を、そしてテーブルの上の引き裂かれた砂絵を目にする。

「どーしたんだよ、これは……まさか、お前が破いたのか？　おいっ、清香！」

頭から布団に包《くる》まって顔を見せない清香はたった一言、告げた。

「帰ってよ……！」

訳が分からない健二は清香の部屋を後にした。清香に言われた通り、帰るわけではない。その証拠に、健二の手には破れた砂絵とその道具があった。

階下の居間に降りてきていた健二は、そこにいたゆかりに「なぜ、清香は砂絵を破いたのか？」と疑問をぶつけてみる。が、彼女から返ってきた言葉は、「健二さん……清香ちゃんを叱らないでくださいね」であった。

「いや、怒ってるわけじゃないんです。怒ってるわけじゃあ……ただ……」

健二は自分の今の気持ちを上手《うま》く言葉にできない。代わりに、健二は居間のテーブルで破れた砂絵の修復を始めた。覚束《おぼつか》ない手付きを見かねて、ゆかりもそれを手伝う。

「…健二さん、あなたみたいに信頼されている人はいないんですよ。清香ちゃん、滅多に友達を家に連れてきませんから。そう、男の子ではあなたが初めてですね」

作業の最中に急にそんなことをゆかりに言われて、健二は妙に恥ずかしくなる。それでなくても、遥《はる》かに年上だが美人に間違いないゆかりと二人きりの状態に緊張していたのだ。

「その……やっぱり、修復するのも上手ですね。さすがは、清香に砂絵を教えたお師匠様といったところでしょうか」

気持ちを落ち着かせようと健二の洩らした一言が、ゆかりの表情を曇らせた。

「いいえ、私は……そう、私が砂絵を覚えたのは、清香ちゃんより遅いくらいですから」

「えっ、そーなんですか？　記憶違いかな。確か、清香が昔、話してたのとは……」

健二の中に新たな疑問が生じた。彼の記憶では、幼い頃の清香がこう言っていたのだ。

「この砂絵はね、お母さんから教えてもらったのよ」と、嬉《うれ》しそうに。

そして、目の前のゆかりが短いため息の後、言った。

「昔は、一緒に砂絵を描いたこともありましたが……」

健二は慰めるつもりで、「実はこの砂絵、おばさんへの誕生日プレゼントなんですよ」と言おうとして止めた。なぜか、それは言わない方がいいと思った。

☆　☆　☆

完璧《かんぺき》に元通りとは言えないものの、砂絵の修復が一応済んだ頃には夜中になっていた。

このまま帰る気になれない健二は、自分からゆかりに「泊まっていってもいいですか？」と頼み、今はこうして前と同様にソファーに横になっていた。

しかし、健二は眠れない。それが幸いした。近くの床がギィッと軋《きし》むのを耳にした健二が音のした場所に出向いてみると、そこには清香が立っていた。

清香は健二に向かって、「夜の散歩…」と呟くと、廊下をただ往復していく。

リボンを解《ほど》いた清香の長い髪が月明かりに照らされて、健二の鼓動を不規則にする。

夜の静けさが二人を包み込む中、しばらくして清香が口を開いた。

「もう、手伝わなくていいから……」

「そっか……それは俺も助かるな。雪希の作った夕食も食べたいし、ソファーじゃなくてやっぱり自分の家のベッドで寝る方がいいし」

清香の『散歩』がピタリと止まる。だが、健二の言葉はそれで終わりではなかった。

「けどな……俺はいつも清香が言ってるようにバカだからな。だから、砂絵の手伝いは止めないぜ。最後まで付き合う。たとえ、お前が駄目だって言ってもな」

若干の沈黙の後、清香は「バカ…」と健二に告げて去っていった。

再び一人になった健二は、ソファーに寝転がって今の自分の発言を振り返る。

「もう強制されていないのに、俺はどーして……へっ、答えはとっくに出てるか」

どこか吹っ切れたような顔の健二が寝息を立てたのは、それからすぐのことだった。

☆　　☆　　☆

翌日の放課後も、健二は清香の家に寄って砂絵の修復に励む。

ゆかりの手助けが貢献し、もう少しで砂絵は清香に破られる前の状態に戻りつつあった。

「お茶でも淹れてきますね」と、ゆかりが席を外した時だった。それと入れ替わるように、小さな足音が階段、廊下と、健二のいる居間へと近付いてくる。

「……もうすぐ期末テストだぞ。いい加減、学校くらい出て来いよな」

姿を見せた清香に、健二はぶっきらぼうにそう言った。「うん…」と、か細い声で返事をする様子から見ると、清香はまだ落ち込みから立ち直っていないようだったが、健二は彼女の心にある天岩戸《あまのいわと》をこじ開けるため、砂絵を持って立ち上がった。

「ほらっ、お前の部屋でやるんだろ。そのために降りてきたんだろうが」

何か言いかける清香を残して、健二は勝手に二階にある彼女の部屋へ向かっていく。

「俺もさ、これ以上居間で作業するのは限界なんだよ。大人《おとな》の色気っていうか、おばさん、綺麗《きれい》だろ。二人きりだとドキドキしちゃって。胸がない誰かさんならそんな心配もないし」

「えっ……な、なんですってぇーっ！　あんた、何、考えてんのよーっ！」

久し振りに出た、清香の「なんですってぇーっ！」が、健二には心地良く聞こえる。

なし崩しという感もあったが、とにかく清香の手による砂絵の作業は再開する。

「そーだ。さっきも言ったけど、テストがあるだろ。これからは毎日ってわけには……」

健二がワザとそう言い出した時も、引き止めたのは清香の方だった。

「べ、勉強だったら……一緒にここですればいいじゃない」

素直に「来てほしい」と言わないところが逆に可愛いと健二は思い、こうしてテスト勉強を含めた清香の家へ通う日々がまた、始まった。

しかし、相も変わらずに、清香のゆかりに対する冷たい態度は変わっていない。

自然と二人の間に入ってフォローに回っていた健二は、婉曲的《えんきょくてき》にだが、ゆかりに向かって二人の関係について尋ねたこともあった。だが、明快な回答は得られない。

「清香ちゃん、毎年、砂絵を描いてるんです……でも、必ず完成前に破ってしまって……」

その言葉からも何か二人の間には特別な事情があるのだろうとは分かる。だからといって、そこへ踏み込んで聞くことも健二にはなかなかできなかった。

健二の疑問、その答えを導くヒントは意外なところから得られる。

それは、自宅で雪希と朝食を摂っていた時のことだ。話題は最近健二が入り浸っている小野崎家のことになった。「清香さんなら、私のお姉さんになってもいいかな」などと健二をからかっていた雪希の口から飛び出したのが、ゆかりは清香にとっては二人目の、つまり義理の母親ではないかという話だった。

「私も詳しいことは知らないんだけど……子供の頃、最初に遊びに行った時に会ったお母さんが、少しして今のお母さんのゆかりさんに変わっていたから……」

自分も母親がいない雪希にとっては他人事《ひとごと》とは思えず、あえてその事実は今まで口にしなかったのだろう。

朝食後、登校途中に公園の近くを通りかかった時、健二の脳裏に過去の記憶が甦《よみがえ》る。

まだ幼い頃、その場所で清香の泣き顔を初めて見た時のことが。

(そうだ……あの日、ウチに帰ってから雪希にバレンタインのチョコをもらったから……)

朝食時に雪希から聞いた話と合わせて、健二は一つの推論に辿《たど》り着《つ》く。

(二月十四日が誕生日で、清香が砂絵をプレゼントしようとしている相手は、俺がいつも会っていたゆかりさんじゃあなくて、たぶん清香の実の母親の方で……あの日、清香が泣いていたのにも何かあったのかも……それで清香はゆかりさんと上手くいってないのか)

その推論が当たっているとしても、健二にはどうしていいのか見当がつかない。

しかし、清香が義理の母であろう人に、いつも優しげな表情を浮かべて砂絵の修復まで手伝ってくれたゆかりに、冷たく接しているのを見るのが健二は悲しかった。

☆　☆　☆

テストの全日程が終了し、健二が清香の作るクッキーの味にも「これはこれでありか」と慣らされていった頃、砂絵の完成も近付いていた。

あと少しで仕上がるということもあって、久し振りに健二は清香の家に泊まった。

深夜、ソファーに寝転がりながらも健二は目を閉じることはなかった。

健二が待っていたのは、清香本人が言うところの『夜のお散歩』。床の軋む音が健二にその到来を知らせ、ぼんやりと窓から星空を眺めている清香と出会わせた。

砂絵の作業中に冗談を言い合っていても、その完成が近付くに従って清香の表情が暗くなっていくのに、健二は気付いていた。気付いたのはそれだけではない。自分も清香もお互いに何かを後ろに隠しているように接していると。今、健二はまず自分からその隠していたものをさらけ出そうと、清香に声をかける。

「…清香にそんな沈んだ表情は似合わないぞ。おばさんに対してだってあんな風にじゃなくてさ、その……笑った方がいいと思う」

清香が視線を窓から健二に移す。全《すべ》ての時が止まったような感覚を健二は覚える。

「前に聞いたんだけど……お前、自宅にあんまり友達を連れてこないんだってな。お前も本当はおばさんにあんな態度をとりたくないんだろ。だから、それを見せたくなくて……」

「どうして……どうして、あんたはそんなことを言うのよ」

「気になるからだと思う、清香のことが。だから、笑ってほしいと……」

そこまで話して、健二はまだ自分が曖昧《あいまい》な態度でいることに気付いた。

「いや、はっきり言うよ……俺さ、清香のことが好きなんだ……駄目かな？」

突然の告白に、清香の頬が真紅に染まる。

「私、素直じゃないよ。怒りっぽいし……それに……それに……」

「知ってるよ。けど、それでも俺は……例えばさ、あの砂絵が完成したら、二人っきりで一緒にどこかへ遊びに行きたいとかも思ってるんだ」

束《つか》の間《ま》、沈黙がその場を支配した後、清香は「明日、遊びに行きたい」と言い出す。

「おいおい、明日っていきなりだな。それに、やっぱり砂絵を完成してからの方が……」

「あの砂絵を完成させるためにも行きたいの。それに……と一緒に笑うためにも」

清香が『……と』と言葉を濁した部分は、自分のことなのか、それともゆかりのことなのかは健二にも分からなかったが、結局その求めに応じた。その理由はいろいろあったが、要約すれば、つまり『惚《ほ》れた弱み』といったところだろう。

☆　☆　☆

翌日。二人にとって初めてのデートは、人が賑《にぎ》わう商店街の散策から始まった。

一軒一軒、店に立ち寄ってはそこにある商品にコメントをしてはしゃぎ回る清香の姿を見て、健二は少し無理をしているのではと感じる。

街中の喧騒《けんそう》を離れ、風が冷たい冬の海岸に降り立った時の、波のうねりと共に舞い上がる滴をじっと見つめるだけの沈んだ瞳《ひとみ》が、清香の本来の気持ちに近かったのだろう。

「やっぱり寒いね……でも、いいんだ。一緒だから……うん、あんたと一緒なんだよね」

「何、言ってんだか。俺は寒がりだから、上着なんて貸さないからな」

足を止めて風を受け止める、清香。健二がそんな清香の香りを頬に受け止める。

「私があの砂絵を破いたのはね……あれは……砂絵を描き終えたら一人になっちゃうような気がして……今年は健二が手伝ってくれたから、尚更《なおさら》そう思っちゃって……」

風邪をひいて倒れた清香をおぶって帰った時、健二は意外に軽いと感じた。そして今、健二はその時よりももっと目の前の清香が儚《はかな》げに見えた。

「健二は私と一緒にいてくれる？　独りにしない？」

「……当たり前だろ。誰も清香を独りになんてしないさ」

風がひときわ大きくごうっと鳴った。まるで健二の背中を押すように。

健二は清香を抱きしめた。ぎゅっと強く、どこにも行かせないように。

「誰も清香を独りにしやしない。俺も……おばさんだってきっと……」

まず自分がそれを証明しようと、健二は清香に唇を重ねた。二人の呼吸も重なる。

どのくらいそうしていただろうか、互いに少しだけ離れて瞳を覗き合う。清香の瞳に映った健二がゆっくりと滲《にじ》んでいく。

「信じてるから……」

吐息にも似た清香の小さな呟きを耳にして、健二は又、その華奢《きゃしゃ》な身体を包み込んだ。

今度は風に押されたのではなく、自らの意志で清香をより近くに感じるために。

☆　☆　☆

デートを終えた二人は、早速清香の家で砂絵の完成を目指す。

健二にとって嬉しいことがあった。それは、いつもゆかりと別々に摂っていた夕食を、清香が自分から「今日はその……ダイニングで……」と言い出したことだ。

それだけではない。食事を終えた清香がぎこちなくはあったが、「ごちそうさま……」とゆかりに声をかけ、率先して食器を片付け始めたのだった。

清香とゆかり、二人が並んで皿を洗っている姿を後ろから眺めながら、健二は心が暖まる気がしていた。同時に少しだけ良心が痛む。

(最近、雪希をほったらかしだったよな。砂絵が完成したらどっかに遊びでも……)

健二がそんなことを考えていた時、居間にある電話が鳴り響いた、

電話をかけてきたのは、単身赴任中の清香の父親だった。酒でも入っているのか、父親は電話を取ったゆかりに向かって、「清香を電話口に出さんか!」と怒鳴りつけてくる。

オロオロとゆかりが受話器を差し向けるが、清香はプイッと横を向いて電話に出ない。

「あの……アナタ、清香ちゃんは今、ちょっと……そう、砂絵から手が離せなくて……」

『砂絵だと？　あいつはまだそんなクダらないものを……!』

テンションを増した父親のその怒鳴り声は、清香の耳にも届いてしまった。

ガシャン……!　床に叩きつけられて、皿が音を立てて砕け散った。

「清香……？」

「私はやっぱり独り……お父さんなんて……あんたなんて……」

部屋の温度が急速に下がって行くような感覚に、健二は清香に手を伸ばそうとする。

が、それは果たせないまま、下がっていた温度よりも冷たい清香の言葉が響く。

「オカアサンなんか……大っ嫌いっっっ！」

そう言ってしまってから、すぐに清香は後悔した。しかし、言ってしまった事実はもう変えられない。健二に聞かれてしまったことも、清香に身の置き所をなくさせた。

だから、清香は家を飛び出していった。独りにはなりたくないのに、独りになるために。

素足でアスファルトの上を走る清香の頭に浮かぶのは、辛い過去の出来事だった……。

☆　　☆　　☆

……幼い頃、大好きな母が教えてくれた砂絵。思い出を含めたその全てが宝物だった。

清香が初めて一人だけで完成させた砂絵は、その母の似顔絵。

『この絵、お母さんにくれるの？　ありがとう、清香。じゃあ、お返しにこれを……』

そう言って、母が渡したのは、小瓶に入った水色の砂。清香に又一つ、宝物が増えた。

母が喜んでくれたことがすごく嬉しかった清香は、母の誕生日にはもっと上手な砂絵をプレゼントしようと頑張る。だが、その日が来る前に母は清香の前からいなくなった。

「仕事が忙しくなったから、当分帰ってこられないの……」という言葉を残して。

母の帰りを待つ清香の前に父が連れてきたのが、ゆかりだった。遊びの相手を、母へのプレゼントである砂絵の手伝いまでしてくれる、『優しいお姉ちゃん』に清香はなついた。

だが、それは短い期間で終わりを告げた。

二月十四日の誕生日に母が家に帰ってくるかどうかを尋ねに父の部屋に出向いた清香は、そこで聞いてしまった。父が「もう清香のお母さんはお前なんだから…」と『優しいお姉ちゃん』に話しているのを。

そして、二月十四日当日。清香は母を待ち続け、その果てにプレゼントの砂絵を破った。家を飛び出して公園で泣いていたのを、健二に見られたのもその日のことだった。

それからは繰り返し……繰り返し……描いては破り……そして又、描いて……。

☆　☆　☆

「清香……待てよっ、清香ぁ！」

自分の名前を呼ぶ声に、清香の足が止まった。その声の主を知って再び走り出そうとする清香の手を、健二が握り締める。

「どーしたっていうんだよ。いきなり、あんなことを言い出すなんて……」

分かってもらえないのが当たり前なのに、清香は健二の言葉が悲しかった。

ぽっかりと浮かぶ街灯の明かりの下、その悲しみをぶつけるように、清香は思いのたけを健二に向かってぶちまける。

「…私を置いていったお母さんのこと……本当は恨んでいる。でも、それだけじゃない。だから、あの砂絵を描き上げれば分かると思ってた……でも、駄目だった。毎年、いくら描いても描いても、嘘《うそ》をついてるみたいで……」

清香は堰《せき》を切ったように言葉を続ける。

「あの人だって……『優しいお姉ちゃん』でいてくれたら良かったのに。そうじゃなかったら、いっそ私のことを嫌ってくれれば良かったのに……なのに、いつでもニコニコして私の『お母さん』になろうとして……！」

健二には、清香の話す内容の全ては理解できない。母という存在についても、物心つく前に亡くしていたので実感がない。だから、健二は自分が分かることを語った。

「俺と雪希が血の繋《つな》がらないのは、お前も知ってるだろ？　今では一応、兄妹らしく見えるだろうけど、最初はぎくしゃくしたもんだったさ。でも、同じ時間を一緒に過ごすことで、お互いの気持ちを思いやることで作ってきたんだ、そのぉ……絆《きずな》ってものを」

羨《うらや》ましいほど仲の良い兄妹の姿をずっと見てきた清香に、この言葉は重く響いた。

「それにな、おばさん、清香のことを知ってから砂絵も覚えたって言ってた」

「そ、そんなの、私に気に入られようとするために……」

「初めはそうだったかもしれないけど……砂絵の修復を手伝ってくれた時、おばさんは単に直すだけじゃなくて、お前の描いた絵を損なわないようにって一生懸命だった。その時に俺、思ったんだ。ちゃんとおばさんはお前のことを大切に思ってくれてるって」

健二は（俺もそばにいる）と伝えるべく、握った手に力を込めた。その温もりが、逆に失った時のことを考えると、清香には怖い。

「だから、どうしろって言うのよ！　あの人を『お母さん』って呼んで、表面上だけで仲の良い家族を演じてればいいって言うの！」

「そーじゃない！　もうおばさんに甘えるのを止めればいいんだ。もう一人のお母さんにもだ！　その代わり……俺に甘えればいい。俺だって清香に甘えるから！」

健二のその言葉は「好きだ」と言われた時よりも、清香に衝撃を与えた。

「あの絵が嘘だって思うなら、とっとと完成させちゃえばいいだろ。そうすれば、後には本当の気持ちしか残らないさ……そーだろ？」

清香は言われた通りに健二に甘える。グスッと鼻を鳴らして清香は健二の胸の中へと飛び込み、その胸の部分を涙で濡らした。

「私……強くなるね。独りにならないために。なるべく健二に甘えないように……でも、甘える時は思いっきり甘えちゃうよ、きっと」

健二は清香の手を握り締めていた自分の手をそっと離した。もうその必要はなかった。

☆　　☆　　☆

清香は健二と一緒に自分の家へ戻った。

「ごめんなさい……」

ゆかりに向かって頭を下げて言ったその言葉には、様々な意味が込められていた。

まだ『お母さん』とは呼べなかったが。

そして……健二が何気なく洩らした言葉、「二晩連続で泊まりか。雪希の奴、怒ってるだろうな」が、清香にヤキモチを妬《や》かせ、彼女を大胆な行動に走らせる。

例の如《ごと》くソファーを寝床にしていた健二のもとを、パジャマ姿の清香が訪れた。

「あのさ……今夜って寒いよね。だから……暖房代わりっていうか、一緒に寝ない？」

「はぁ？　寝ぼけてんのか？　そんなことしたら、俺、何するか分かんないぞ」

「別にいいよ……うぅん、そうしてほしいの、私も……」

清香の言葉に、健二はくらっと目眩《めまい》を覚え、理性がどこかに飛んでいく気がした。そして我に返った時には、清香の部屋、そのベッドの上で彼女を抱きしめていた。

「……いいのか？　そのぉ……お前ってこーいうことするの初めてだろ？」

「バカ……そういうこと聞かないのっ！　すっごく緊張してるんだからね」

「ホントだ、震えてる。可愛いぞ、清香」

健二は清香の細い肩のラインに唇を這《は》わせた。同時に、指でパジャマのボタンを弾《はじ》く。

「あっ……なんか、慣れてる感じ。ちょっと悔しい気が……んむっ！」

余計なお喋りをキスで塞《ふさ》ぐと、健二はボタンを次々に外していく。最後の一つが済むと、一気にパジャマの前を開ける。ブラは既に付けておらず、そこには日頃から「小さい」とからかっていた清香の乳房があった。荒い呼吸により隆起を繰り返しているのが、グラビア等では味わえないナマの魅力を健二に感じさせる。

「思ってたよりは小さくないが……ここはやっぱり直接確かめないとな」

その言葉の意味するところは、乳房を手で揉《も》みしだき、乳首を口に含むことにあった。すぐ目の前で行われている光景の衝撃が、清香の現実感を削《そ》いでいく。残るのは、好きな相手に愛されている喜びと、身体にもたらされる甘美な悦《よろこ》びだけである。健二もそんな清香の変化を、口の中でコリッと硬くなった乳首の感触によって知る。

それは、健二の股間《こかん》を暴発させる危険も孕《はら》んでいた。やや性急に、健二は清香のパジャマの下をずらす。その下のショーツは偶然かあるいは作為的か、以前に健二が間違って手にしたことのあるピンク色のそれだった。

清香に一応「いいか？」と目で尋ねてから、健二はショーツに指をかけた。清香はイヤイヤをするように顔を横に振っていたのだから、あまり尋ねた意味はなかったわけで、構わずショーツを下ろしていった。すぐに健二は清香が嫌がっていた意味を知る。彼女の秘所の上部に申し訳程度に生えている恥毛、その茂みには朝露にも似た滴が垂れていたのだ。

「清香って、スケベだったんだ。まだ触ってもいないのに濡れてるんだもんなぁ」

「バカ、バカ！　違うの、これは……そうじゃないの。そうじゃないんだったらぁ！」

清香の虚《むな》しい抗議の声は、健二の指が秘所に触れた、チュクッという音に消される。

小柄な身体と同じく、清香の秘所は小さい。それでもこの後のことを考えれば、手をこまねいているわけにもいかず、敏感な愛芽《あいが》も交えて、健二は丁寧に愛撫《あいぶ》を施す。

その効果の程は、清香の様子が示していた。階下にゆかりが寝ている状況を考え、清香は枕《まくら》の縁を噛《か》み締《し》めて声が洩れるのを防ぐ。枕の布地に染み込んでいく唾液の量が自分の昂《たか》ぶりの度合いだと思うと、尚更感じてしまう清香だった。

健二が一度ベッドから立ち上がって、服を脱ぎ捨てる。すなわち、それは清香にとって破瓜《はか》の瞬間の訪れである。

「あの……もう一度、その前にキスして……」

清香の願いに応じて、健二は唇を合わせる。そのキスに、清香は健二の思いやりと暖かさを感じる。次は、清香の大事な部分が健二の熱を感じる番だった。

「くうぅぅっ！　健二……健二ぃぃぃっ！」

唇を噛み締め、目に涙を滲ませる清香の表情に、健二は躊躇《ためら》い、腰の動きを止める。

だが、清香の腕が、足が、健二を離さないとばかりにしがみ付いた。

「イヤ…だよぉ……ずっと…そばに…いてくれなきゃ……」

健二が今、清香にしてやれるのは一気に腰を沈めてやること、そしてその頬に手を当てて流れる涙を指で拭《ふ》き取《と》ってやることくらいしかなかった。あとは、最後の瞬間、膣内《ちつない》で放出したい欲求を抑えつけ、外へと精を……。

「清香……痛かっただろ？　その……ゴメンな」

自分の分身に付着した清香の処女の印を目にして、健二はそう呟いた。

「何、謝ってんのよ！　それより……そのぉ……腕枕とかってしてくれる？」

妊娠の危険を避けてくれた健二の気持ちが嬉しくて、清香はまるでタックルするように抱きついていき、やや強引に腕枕の体勢をとらせた。

いつのまにか空が白みかけていて、窓から差し込んでくる陽射《ひざ》しが優しく揺れる。

そっと二人を包みこむように。

☆　☆　☆

二月十三日。清香と健二は砂絵の最後の仕上げに取りかかった。

「…清香、本当にいいのか。それ、使っちゃって」

「いいの……これが一番良い方法だと思うの」

「そっか……清香がそーだって思うんなら、それが一番だな」

今まで清香が大事に使わずにいた、母親からもらった『みずいろ』の砂。

それがサラサラ……と、清香の手の上を滑り落ちていき、キャンバスを彩る。

「健二……明日、この砂絵を渡しに行く時、一緒に行ってくれる？」

瓶が空になる直前、清香はポツリとそう呟いた。そっと瓶を持つ清香の手の上に自分の手を重ねて、健二は「ああ…」と短く答えた。

☆　☆　☆

そして、二月十四日。世間ではバレンタインデーと呼ばれるこの日、清香は母親と何年ぶりかの再会を果たした。

その帰り道、清香は又、健二にお願いをする。

「もう一つ、砂絵を描かないといけないんだけどぉ……手伝ってくれるよね？」

二つ目の砂絵、それがゆかりへのプレゼントなのは明らかだ。

「しょーがねえな。ここまで付き合ったんだからな。いいよ」

「フフッ、そう言ってくれると思ってた」

スキップするように笑顔で前を歩いていく清香を見て、健二は思う。

（清香の、不必要に大きなあのリボンは、自分から離れていったお母さんへのアピール、『自分はここにいるよ』って知らせたかったのかもな）

健二は指を伸ばして、ツン！とリボンを引っ張ってみた。

「わわっ！　何すんのよぉ。せっかくキチンと結んであるのに解けちゃうじゃない！」

「いや、この手裏剣、型崩れしないなって思って。きっと特殊なコーティングが……」

「しゅ、手裏剣？　な、なんですってぇーっ！」

プンプンと怒り出す清香に向かって、健二は心の中で約束する。

（これからは、ずっと俺が見守っていてやるからな……）と。

AFTERえちぃSTORY　『すくぅる水着の温もり』

春が来て、俺、『片瀬健二』もメデタク三年生ということになった。

一つ年を重ねたということは成長しなければならないわけで、それは彼女である『清香』との関係においてもそうだと、俺はここに宣言しよう。

清香のバージンを有難く頂いた後も何度か身体を重ねていたわけだが、あいつは今いち俺の要求に応《こた》えてくれない。何も縛らせてくれとか浣腸《かんちょう》させせろとかムチャを言ってるわけではない。ただほんの少しだけプレイと呼べるようなものをしたいとささやかなお願いをしているだけなのに、あいつは断固として拒否し続けていた、そのクセ、本人はしっかりHで感じるようになってきているのだから、これは男女同権の精神に反するというものだ。

その日の学校からの帰り道も、そのまま清香の家に遊びに行くことになっていたので、俺は自分の望みを口にしてみた。「なあ、清香。一度、裸エプロンでやってみないか」と。

「バ、バカなこと言わないでよ！　そんなヘンタイみたいなことできるわけないでしょ！」

「ヘンタイって……新妻が夫への愛を表す行為として、これは世界基準と言っても……」

「何が『愛』よっ！　裸よ、裸！　何、考えてんのよ、『裸エプロン』だなんて！」

「声が大きいって、清香。裸、裸って何度も連呼して、みんな、こっちを見てるぞ」

周りから浴びせられる好奇の視線に気付いて、清香は顔を真っ赤にしてオロオロする。

ナイスだ、清香！　これも一つの羞恥《しゅうち》プレイと考えて、ここは満足しておこう。

てなわけで、俺は清香の家に寄ったわけだったが……。

今、俺はなぜか風呂場にいた。風呂掃除とかいうオチではなく、普通に裸の状態で。

コトの起こりは、清香に頭からジュースをぶっかけられたことにある。

『あっ、ごっめ～ん。ほらっ、早く服を脱いで。すぐに洗濯するから』

どこか台本を読んでるようだった、清香の言葉が気になる。そーいえば、あいつの態度が何となく変わったのは、母親のゆかりさんが残した『ちょっと出かけてきます』というメモを見てからのことだったような……。

その時、ガラッと風呂場の扉が開いた。

「にょほわーーーっ！」

俺が奇声を上げてしまったのは、すくぅる水着を着た清香が入ってきたからだった。

「は、裸エプロンは無理だけど……その……背中を流すくらいならいいかなって」

そう言って、ちょっとだけ視線を逸《そ》らせる、清香。（つーことは、えちぃＯＫ？）と勝手に判断した俺は、デン！と清香の真正面に座った。元気なムスコを見せつけるように。

「せ、背中、向けなさいよっ！　それに、そんなに大きくさせて何、考えてんのよっ！」

「これが俺の背中なんだけど……っていうのじゃ駄目？　チェッ、駄目か」

仕方なく清香に背を向けたが、こんなことで諦める俺じゃない。それに、清香だって期待してるハズだ。ジュースをぶっかけた件といい、すくぅる水着といい……。

清香はゴシゴシって感じで背中をこすり始めた。そのリズムに合わせて俺も自分の背後に手を伸ばして、モミモミッと清香の胸を水着の上から揉み始める。

「ちょっ、ちょっと何を……あ、あんっ、駄目……駄目だったらぁ……」

清香は胸が弱点だ。ちょっとイジってやるだけでアソコがトロトロになるし、胸だけでイッてしまったこともあるくらいだ。今も水着の生地を通してもう小さなポッチが浮き出ている。そこを重点的に指で摘《つま》んで転がしてやると、清香はペタンと床にお尻《しり》をついた。

「やっぱ風呂場なんだから、胸くらいは出さないとな。ほーれっと」

俺は水着の肩の紐《ひも》をずらして、清香の乳房を露出させた。貧乳の中央で桜色の乳首がピン！と尖《とが》っているのがいい。半脱ぎのすくぅる水着という要素も俺を燃えさせる。チビッコな清香だけに、ロリというか、条例を犯しているような錯覚に陥ってしまう。

とりあえず俺は、つねったり弾いたりペロペロしたりと、あらん限りのテクで攻める。

「はぅん、そ、そこ気持ちいい……だ、駄目、今日は私が健二を……んんんーっ！」

ぶるっと身体を跳ねて、清香は軽くイッた。続けて本格的に愛撫を始めようとした俺を、ハアハアと荒い息の中、清香が押し止《とど》めた。

「きょ、今日は私が声、聞きたいの。私が健二を気持ち良くさせて、その声を……」

そう言って清香は俺の前にしゃがむと、リトルな胸でビッグな俺のモノを挟み込んだ。

パイズリ……には胸の大きさが足りなかったが、清香は両方の手でぎゅっと絞り込むことで不可能を可能にした。これが愛の力ってヤツですか～？

「清香、お前、どこでこんな技を……はぅっ、勃起《ぼっき》した乳首がこすれて、新感覚だーっ！」

「健二、気持ち良いんだ。よかった……私もさっきからアソコがムズムズして……」

相手が感じると、自分も気持ち良くなる。俺にもその経験があるぞ。清香のヌルヌルのアソコを見ただけで、出したばかりのモノもすぐに回復したものだ。

清香もそーなのだろう。太腿《ふともも》をモジモジとさせた次の瞬間、舌の先で俺のモノをちょんとつつき、続いてパクッと咥《くわ》えた。フェラチオは前にもあったが、その時とは違って今の清香は実に美味《おい》しそうにしゃぶってくれているのだから、感動ものだ！

「出していいから……んむっ、このまま私の胸や顔にかけちゃっていいから……」

言われるまでもない。でも、そう言ってくれる、えちぃな清香が嬉しい。

リクエスト通り、俺は勢い良く清香に向かって、精液の花火を打ち上げた。

「ん……いっぱい、出たね……んくっ、んんんっ……」

口の端から白濁した液を垂らしながら、喉《のど》を鳴らす清香の恍惚《こうこつ》の表情。それが俺のモノにエネルギーを再度充填させた。トーゼン、清香もそのことに気付く。

「あ、あの……健二、私もイキたい……今度は私にしてくれる？」

俺はブンブンと顔を縦に振ると、清香を立たせて壁に手をつかせる格好にする。

水着の股当《またあ》て部分をめくってみると、そこはオモラシしたような状況だ。まずは指を挿

入してやると、今度は清香がブンブンと顔を横に振った。

「ゆ、指じゃ駄目……もう我慢できないの。健二のアレじゃないと駄目なのーっ！」

その言葉を聞いた時、俺の中で何かがプツンと切れた。だから、その後のことは良く覚えていない。バックから清香に挿入して……いや、何か他にもいろんな体位でやったような気がするが……覚えていることといえば、中出しした時の清香の言葉だ。

『いい、いいよぉ……いつもより多く……いっぱい出してぇぇぇぇっ！』

清香も俺と同様、記憶が途切れているようだったが、そんな言葉だけは言ってないと後に激しく否定した。へっ、いつか必ずもう一度言わせてやるからな。

俺たちの記憶があやふやなのは、何もアレが激しかったからだけではない。二人とも風呂場でぶっ倒れていたら、予定よりも早くゆかりさんが帰ってきてしまったのだ。

慌てて風呂場を出て服を着た俺たちだったが、どう見てもバレバレだったわけで……。

「あらっ？　局地的に雨でも降ったのかしら？　二人ともびしょ濡れで……」

ゆかりさんはケロッとした調子でそう言ったが、俺は安心できなかった。

なぜかって、帰り際に「健二くん、これ、余ってるからどーぞ」とゆかりさんに渡されたのが、避妊具……つまり、コンドームだったのだ。

果たして、これはどーいう意味なのだろうか……？

End

進藤の章

それはまだ健二が幼かった頃《ころ》のこと……。

あの日、グズる日和を、そして少し淋《さみ》しそうな顔をする雪希を置いて、健二は結局サッカーをやりに公園へ出かけた。

だが、待ち合わせの時間に遅れたせいか、公園に友人たちの姿はなかった。だからといってすぐ自宅に戻るのもバツが悪く、健二は一人サッカーボールを使って時間を潰《つぶ》す。

「男はこーして一人特訓するのがカッコいいんだ。行くぞぉ、ドライブシュートッ！」

掛け声は勇ましかったが、ボールはあさっての方向に飛んでいってしまった。その上、そこを歩いていた女の子にまでぶつかりそうになった。

「やべぇ！　あっ、ゴメン。ボール、当たっちゃった？」

「い、いえ……急にボールが来たから驚いただけです。私もきょろきょろしてましたから」

健二はしばらく呆然《ぼうぜん》と女の子を見つめる。丁寧な口調におっとりとした雰囲気があるお嬢様風の女の子は、自分の周りにいる、例えば日和などとは全く違った。

「…すいませんが、海までの道を教えてもらえませんか？　妹とそこで待ち合わせを……」

「いいよ。それで、あの……あっ、俺《おれ》、健二っていうんだ。そのぉ、キミは？」

「あっ、ごめんなさい。『進藤《しんどう》むつき』といいます。健二…さんですね」

『健二さん』……女の子にそんな風にさん付けで呼ばれるのも、健二は初めてだった。

☆　☆　☆

ウキウキした足取りで海岸までむつきを案内した健二だったが、そこでいきなり背後からスライディングを仕掛けられて見事に転んでしまった。

「ヤッター！　だいせいこー！　一度、やってみたかったんだ。えへへ……」

得意げに笑って健二を見下ろしていたのは、むつきの待ち合わせの相手である妹だった。

「えへへ…じゃないでしょ、このコは！　ごめんなさい、健二さん」

そう言って、むつきはしゃがみ込むと、転んだ時にできた健二の手の甲の小さな傷に口を付けて消毒を始めた。その柔らかな唇の感触に、健二はただ目を白黒させる。

「ど、どーしてベロでなめてるの？　あのさ、俺の手、汚いしさ」

「お母さんがいつもこうしてるわ。家に帰ったらちゃんと手当てしてくださいね」

物心つく前に母親を失っていた健二だったから、こんなことをしてもらうのも又、初めてだった。そして、何の躊躇《ためら》いもなくそうしてくれたむつきに健二は感激する。

顔はそっくりだったが、進藤姉妹の性格は対照的で、妹の方は加害者意識の欠片《かけら》もなく悪びれていない。それどころか、勝手に健二のサッカーボールで遊び始めていた。

「あのコも悪気はないんです。ただ、身体《からだ》を動かすのが好きなコなので……」

「えっと……じゃあ、むつきちゃんはそーじゃないの？」

「私が身体を動かすといえば……好きなクレーンゲームをする時くらいですから……」

少し恥ずかしそうにするむつきを見て、健二は明日もここに来ようと強く思った。

☆　　　　☆　　　　☆

その日から、健二はむつきに会うため、足繁《あししげ》く海岸へ出向くようになった。

先日、妹が怪我《けが》をさせたお詫《わ》びにと、むつきが手作りのレーズンクッキーを健二に渡すということがあった。てっきり横から手を伸ばしてくると思っていたむつきの妹は「う～っ」といった顔で睨《にら》んでいる。「?」となる健二に、むつきがその理由を説明する。

「あのコは、私と反対でレーズンが苦手ですから」

「そーいうことか。へへーん、いいだろー。ほれ、ほれ」

「いくないもん……ゼンゼン、いくないもん!」

日本語の変な妹の方は置いておいて、健二もむつきに渡したい物があったので、この機会を利用する。それは、雪希に「女の子って何をもらうと嬉《うれ》しいのかな?」とリサーチした結果、予算の都合と合わせて選んだ赤いリボンだった。

「これ……よかったら……」と勇気を振るってプレゼントを渡す、健二。

「ありがとう……ずっと大切にします」と目を細めて喜ぶ、むつき。

そして、少し離れた場所から羨《うらや》ましそうな顔で見つめる、むつきの妹。

むつきの手にある赤いリボンが風に揺れる中、そんな三人の姿が冬の海岸にあった。

☆　　　　☆　　　　☆

むつきの喜ぶ顔を見るために、それからも健二の奮闘は続いた。

ある日、家の物置小屋で夏の日の名残《なごり》である花火を見つけた健二は、それを海岸へと持ち込む。派手な打ち上げ花火でむつきの歓心を買おうと考えたわけだ。

「うん。やる、やるーっ！　きっとキレイだよねぇ」

飛び上がってそう喜ぶ妹の方に比べて、むつきはあまり乗り気ではないようだ。

「子供だけで火を扱うのは危ないような気がしますが……」

結局、はしゃぐ妹の迫力にむつきも負けて、季節外れの小さな花火大会が砂浜で始まる。

まずは景気よく打ち上げ花火を選んだが、あいにく湿気《しけ》ていてなかなか火がつかない。

ここでも「早く、早くぅ」と急《せ》かす妹と違い、むつきは離れた場所から見守っている。

そこで健二は打ち上げ花火はむつきの妹に任せて、むつきには線香花火を渡した。これはむつきも気に入ったようで、二人はパチパチと小さな火花を放つ線香花火を向かい合わせになって楽しむ。

(このままずっとこーしていたいなぁ、むつきちゃんと)

間近にむつきの顔を感じながらそんなことを考えていたせいで、健二は気付かなかった。

ようやく打ち上げ花火に火がついたことを健二に報告しようとしたむつきの妹が、二人の姿を見た途端、淋しそうな表情を浮かべたことに。

「打ち上げ花火……キレイだよ」と、いつもの元気な声ではない、か細く呟《つぶや》いたことに。

☆　☆　☆

そして、別れの日は唐突にやってきた。

その日の海岸には、珍しくむつきが一人で来て健二を待っていた。

「あれっ？　今日は妹、来てないんだ。むつきちゃんを一人で待たせちゃったね」

「ううん。待ったないよ」

「ハハハ……むつきちゃん、ちょっと言葉が変だよ」

そんな会話の後、いきなりむつきは「私のこと、好き？」と健二に聞いてきた。

驚きのあまり言葉が口から出ず、「うんうん」とただ頷《うなず》くしかない健二に対して、むつきは続けて「おとなしいコの方が好きなのね」とため息をつくように呟いた。そして……。

「じゃあ……キスして」

予《あらかじ》め用意してあった石の上に身体を乗せて目を閉じるむつきと、健二は初めてのキスを経験する。束《つか》の間《ま》、甘い時間が流れ、次にむつきが健二に告げた言葉は……。

「今日で会えなくなるから……さようならっ！」

砂を踏む足音を残して、むつきは健二の目の前から走り去っていった。

いっぺんに訪れた突然の出来事の数々。何が起きたのか分からない健二だったが、こうして彼の初恋が終わったことだけは確かであろう。

後になってそのことに気付いた健二も、今はむつきの「さようなら」という言葉にただ立ち尽くしているだけだった……。

時がたてば、衝撃的な初恋の結末も思い出の一つに変わり果てる。

☆　☆　☆

今や高二の冬を迎える健二は、放課後、下駄箱にいた。傍らに、妹の雪希の姿がある。

「おにいちゃん、このメモの通りに買っておいてくれればいいから。じゃあ、お願いね」

帰宅部である健二が、これから部活に向かう雪希に代わって夕食の買い物を頼まれていたわけだ。母親はとうに死別し、父親が長期出張中のため、こうして家事を分担するのも珍しくはない。もっとも、飽くまでも健二はお手伝いの範囲に過ぎなかったが。

「さてと……それじゃあ、ブラブラと商店街を回っていきますか」

独り言を言って健二が下駄箱を出ようとすると、ふいに一人の女生徒が声をかけてきた。

「あの……えと、すみませんが、片瀬さんのお知り合いのかたですか？」

健二が雪希の兄だと自分の立場を説明すると、女生徒は同じクラスの『進藤』と名乗り、委員会の仕事のことで雪希がどこへ行ったかを尋ねてきた。

「部活はバドミントン部だから、たぶん体育館じゃないかな」

「分かりました。そこに行ってみます。それと……どうも、ありがとうございました」

丁寧に頭を下げてゆっくりと立ち去っていく彼女の後ろ姿を、健二はボーッと見送る。

妹の雪希は除外するとして、普段はヘッポコ幼なじみの日和や口やかましいチビッコの清香といった女性にしか接していない健二にとって、『進藤』と名乗った大人《おとな》しそうな彼女はなかなか新鮮に感じられたわけだ。

その日、兄妹水入らずの夕食時の話題でも、雪希の口から彼女のことが出てきた。

「…進藤さんがね、おにいちゃんのこと、『優しそうなお兄さん』だって褒めてたよ」

そんなことを聞かされては、健二も自然と彼女のことを意識せざるを得なくなる。

☆　☆　☆

翌日の放課後。それを決定付ける出来事が起きる。

「…おにいちゃん、今日はウチで進藤さんと次の委員会の打ち合わせをするの」

下駄箱で雪希からそう聞かされた健二は、頭の中で巡らせる。

(これは『優しそうなお兄さん』から『優しい男の人』へと格上げする機会だ……)

少々不純な動機から、健二は近付くバレンタインデーや美味《おい》しいクレープ屋の話で盛り上がる女の子の集団を掻《か》き分《わ》け、ケーキ屋でケーキをゲットして帰宅した。

「ただいま〜」と玄関に入る時、そこに一足だけ見慣れない靴の存在をしっかり確認した健二は、話し声のする居間へと入っていった。

「あっ……その、お邪魔しています。えと……先輩」

健二にとってこれが二度目となる、雪希のクラスメートの女の子、進藤が挨拶《あいさつ》してくる。

彼女が少し顔を赤くさせたのにつられて自分まで照れてしまいそうになった健二は、ワザと無愛想な表情に加えて、「今日はその……ケーキ屋が特売日だったからな」と不必要な嘘《うそ》の言い訳をした後、テーブルにケーキの入った箱を置いた。

「わあ、珍しいね。おにいちゃんがこんなことするなんて。それに特売日って……クスッ」

「も、文句があるんだったら、雪希は食べなくていいんだぞ」

委員会の打ち合わせの方も区切りがつき、早速三人は健二のオミヤゲのケーキに舌鼓を打つ。雑談が交わされ、その話題がケーキから誕生日、そしてプレゼントへと移る。

「…進藤さん、聞いてくれる？　おにいちゃんのバースデープレゼントって昔からあまりセンスがなくて……でも、リクエストするわけにもいかなかったから……」

「でも、仕方ないですよね。だって、男の人だから女の子が何を欲しがってるかは……」

さり気なくフォローしてくれたことで、健二の中の進藤に対する株が上がった。

「まあ、雪希にはそーだったかもしれないが……何を隠そう、俺はまだ小学校の時にだな。女の子にリボンをプレゼントして喜んでもらったという栄光が……そう、今、進藤さんが付けているような赤いリボンだったなぁ」

その言葉を聞いて、進藤はやや大げさなほどにハッと息を呑《の》んだ。

彼女の反応に健二も気付いたが、そこはあえて触れずにさらりと流した。

(でも……似てるよなぁ、ホント。まっ、リボンなんてどれも同じようなもんかな)

そう心の中で納得してみても、健二はやはり少し気になっていたのだろう。隣町から通学している進藤を自分から言い出して駅まで送って行ったのも、そのせいだった。

街灯の光が影を落とす道を二人は歩く。雪希という仲介役不在が原因で、言葉も途切れがちだ。気の利いた言葉を頭の中の検索エンジンにかけていた健二に向かって、何の前振りもなく進藤が話を始めた。

「…リボンのこと、まだ覚えていたんですね」

「えっ……？　覚えていたって……どーいうこと？」

「その、えと……冬の浜辺……手の傷……花火……覚えていませんか？」

進藤が口にしたキーワードが、健二に過去の記憶を呼び起こさせた。

冬の浜辺は……一緒に遊んだ場所。手の傷は……初めて口で消毒を受けた思い出。そして花火は……顔を見合わせて囲んだ束の間の幸せ。

「も、もしかして、そーなの？　君は……あの、むつきちゃんなのか？」

一瞬の躊躇いの後、彼女は……いや、『むつき』はこっくりと頷いた。

数年の時を超えた末の再会。しかし、それを確認したこの瞬間から二人の心には微妙なズレが生じる。単純にこの偶然に感謝する健二に対して、『むつき』は……。

☆　　☆　　☆

健二にとって、奇跡的な出来事に近い初恋の人との再会は、『むつき』との仲を急速に近付ける。それに連れて、偶然かそれともこれが運命なのか、登校時に健二が校門の近くで『むつき』と会うのも習慣のようになっていた。

この日の朝もそうだった。

「今日は家庭科の実習でお料理作るから、お昼はお弁当じゃなくてそれよ、おにいちゃん」

そう話す雪希と校門をくぐった健二の前に、『むつき』が姿を見せる。

「あの、先輩……良かったら、私のも食べてもらえますか？」

健二がその頼みを断るわけはなく、その日の昼食は楽しい時間となる。

朝昼晩とほとんど主婦業に近い家事をこなしている雪希には敵《かな》わないが、『むつき』の料理もなかなかの出来だった。それでも、『むつき』は料理の少しの焦げ目をオーバーに気にする。それをフォローしようと、健二は昔の話を持ち出した。

「そーだ。昔、手作りのクッキーもらったよね。あれは美味しかったなぁ。雪希も一度、作り方とか教えてもらうといいぞ」

「えと、その……最近はあんまり作っていませんから……」

褒められて照れるというよりも、何か別のニュアンスが感じられる『むつき』であった。

健二は前者だと受け取り、（奥ゆかしいよなぁ）と感じる。それがその日の放課後の行動に繋《つな》がった。

「むつきちゃん、昼間の料理のお礼というか……一緒に道草でもして帰らない？　まあ、一種のボディガードみたいなもんだと思って。あっ、用事とかあるんだったら……」

「な、ない、ないですっ！　先輩、私で良かったらぜひ……」

こんな会話の後に、二人の『道草』は始まった。雪希やポンコツ幼なじみの日和と今のように並んで歩く時はあったが、健二はそれとは異なる感覚を覚える。雪希たちとは馴染《なじ》んでいるせいもあって一人で歩く時とさしてペースとか変わりはない。だが、『むつき』相手だとその歩調に合わせている自分に気付く。それが、健二は新鮮で嬉しかった。

（待てよ……お礼とか言ったけど、これじゃあ俺の方だけ楽しんでいる気が……）

実質的なお礼を手に入れるべく、健二は女の子で賑《にぎ》わっているクレープ屋へ恥ずかしいのを我慢して入っていった。「そーいえば、むつきちゃんは確か……」と過去の記憶を頼りに健二が選んだのは、レーズンクレープだった。

健二が「レーズン好きだったよね」と渡すと、『むつき』は若干の沈黙はあったが、「ありがとうございます」とクレープを口にした。結局、道草を終えるまでまだクレープを食べ切れていない『むつき』だったが、健二はそんなところも愛らしく思う。

（歩きながらってのが恥ずかしかったかな。これが巨大プロペラ女、清香だったら、すぐに食べ終わって俺のを要求してくるだろうし……日和だったら途中で落っことして……）

そんな想像から健二を現実に引き戻したのは、『むつき』の言葉だった。

「先輩？　あの……又、一緒に道草、いいですか？」

「えっ……いいも何も喜んで！　あっ、電車、来ちゃうかな。そんじゃ、又、明日ね」

健二の言葉にペコリと頭を下げて、『むつき』は駅の構内へと歩いていく。見送る健二

の目には、クレープを大事そうに抱えている『むつき』の姿が印象的に映っていた。

☆　☆　☆

翌日から、放課後はいつも健二と『むつき』、二人だけの時間となった。

健二は授業が終わると一目散に一年生の教室に向かい、『むつき』と街へ繰り出し、夕方までの短い時間、二人で道草を楽しむ。そんな日々が積み重ねられていった。

こうなれば、周囲の者が二人の仲に気付くのも当然だろう。

「あのけんちゃんがね〜。スミにおけないな〜。るらら〜♪」と奇妙な調子で囃《はや》したてる日和などはまだマシだった。問題は、『変形改造リボン』の清香である。

「何も知らない下級生に手を出すとは考えたわね。いい？　進藤さん。自分を大事にしなさい！　こ〜んな外道な奴《やつ》の毒牙《どくが》にかけられないうちに目を覚ますのよっ！」

これには健二もさすがに一言、釘を刺しておく必要を感じた。

「こいつは無視した方がいいよ。頭の大きなゼンマイで動いてる人形なんだから」

「な、なんですってぇーっ！　このプリティーなリボンのどこがゼンマイなのよーっ！」

こんなドタバタ騒ぎも『むつき』は嬉しそうに眺めていた。自分と健二の間に一つの関係のようなものが、確かに築かれているような手応《てごた》えを感じていたのかもしれない。

ただ、時折、別れ際に『むつき』が表情を硬くして健二に何かを言いかけようとすることがあった。しかし、「むつきちゃん、どーしたの？」という健二の言葉に、『むつき』がその『何か』を口にすることはなかったが。

☆　☆　☆

デート当日。普段は寝起きの悪い健二もこの日ばかりは例外で、『むつき』との待ち合わせ場所、駅前広場に約束の時間の三十分も前に到着した。が、その時にはもう『むつき』は先に来て待っていた。

「えっ……俺、約束の時間、間違えた？　申し訳ないっ！　これでも早起きを……」

「い、いいえ、先輩は違くなくって……あっ、その……私の方が一時間前から……」

その『むつき』の言葉に驚くのと同時に、健二はある事実にも気付いた。

「あのさぁ、もしかしてなんだけど……むつきちゃんといつも朝に校門の前で出くわすのも、ワザワザ俺のことを待ってたりするのかな？」

恥ずかしそうにそれを肯定する『むつき』を見て、健二はなんとしても今日のデートは楽しい一日にしなければと心に誓う。

「ということで……じゃあ、行こっか、むつきちゃん」

「はい、先輩！　今日はよろしくお願いします」

こうして、健二と『むつき』の初デートは始まった。

最初に訪れたのは、ゲーセン。少々芸がないとも思われるが、健二には考えがあった。

「…確か、むつきちゃん、クレーンゲームが得意だって言ってたよね。今日は俺がスポンサーになるから、心置きなくゲットしてくれ。なんなら、根こそぎゲットしちゃっても」

健二が密《ひそ》かに名付けた、『クレーンゲーム大漁で、デートの雰囲気もバッチリ作戦』は開始された。が……結果は一個も取れないというサンザンな結果に終わる。

「す、すいません、先輩……」

「いいって、いいって。悪いのはケチくさい設定をしてるこの店だって。それから、今日は『すいません』と『ごめんなさい』は禁止！」

「は、はいっ！　すいま……あっ！」

デートということでいつも以上に緊張していた『むつき』の硬さが、これでほぐれた。

ちなみに、クレーンゲームの雪辱のつもりで試しに健二が勧めてみた格闘ゲームは、乱入してくる強者《つわもの》どもを相手に連戦連勝の『むつき』だった……。

その後もウィンドゥショッピングに興じたり、ランチの際には大食いメニューに健二が挑戦してみたりと楽しい時間は流れ、二人が最後に訪れたのは思い出の場所、海岸だった。

二人以外は誰《だれ》もいない、冬の砂浜。寄せては返す波が、白く細かい泡と共にいつまでも反復する静かな音を作り出す。その音に、二人が並んで歩くサクサクという足音が重なる。波と同じようにこの時も永遠に続いてほしいと、健二も『むつき』も願った。

ふと足を止めた『むつき』が空を見上げて呟いた。

「私……あの空の色が好きなんです。あの水色が……」

「えっ……水色？　青じゃないの？」

「あの淡い雲の後ろ……少し翳《かげ》ったところです。雲の白と空の青が混ざって水色に……」

「あ、なるほど。そーいうことか。う〜ん……」

健二は正直、特別に綺麗《きれい》だとは思わなかった。雲の後ろに隠れていることから、淋しいかなとさえ思った。だが、それを理解したいと願い、『むつき』の手を握ってみた。

「あっ……」

短く洩《も》れた声と、硬直する手。やがて、『むつき』は少しだけ握り返した。

そして、「あの……」という何かを言いかける声が、ほぼ同時に二人の口からこぼれる。

繋がれた手から伝わる鼓動まで重なっていくように、沈黙が二人を襲う。

「えっと……歩こうか、むつきちゃん」

サクッ、サクッ……と再び足跡が砂浜に刻まれ、打ち寄せる波に消えていった。

☆　　☆　　☆

デートを終えて自宅に戻った『むつき』は、自分の部屋のベッドに横になった。

『じゃあ、明日、又ね……』

それは、健二の言葉。別れた駅前で道行く人たちの視線に構わず、手を大きく振っていた時の健二の言葉が『むつき』の頭の中に浮かぶ。自然と独り言が洩れた。

「今日は……楽しかったな」

今日一日の楽しかった光景を『むつき』は思い出していく。一時間も前に待ち合わせ場所に着いてしまったこと……健二が早く来てくれたこと……そして……そして……。

しかし、それが最後に訪れた海岸でのことに及んだ時、幼い頃のファーストキスのことまで思い出してしまい、一瞬にして『むつき』の幸せな気分は吹き飛んだ。

「先輩とキスしたのは確かに私だったのに……私じゃない」

ぎゅっと『むつき』は目を瞑《つぶ》った。すがり付くのは、やはり最後に聞いた健二の言葉だ。が……今度はそこに別の言葉が、『むつき』の聞きたくない言葉が加えられていた。

『じゃあ、明日、又ね……むつきちゃん』と。

☆　☆　☆

『むつき』の葛藤《かっとう》を健二は知らない。傍目《はため》にも二人の交際は順調そのものにしか見えないのだから、それも仕方のないことだろう。

妹及びクラスメートという立場の雪希も半ば公認しているようで、その日の朝も健二と『むつき』は校門の前で束の間の逢瀬《おうせ》を楽しんでいた。そこに、せっかく気を利かせて先に校内へ入っていった雪希の努力を無にする邪魔者が現れた。ポンコツことへッポコ幼なじみの日和である。

「けんちゃん、けんちゃん！　テスト勉強どうしてる？　実は〜、私、効率のいい補習の逃れ方を発見したんだけどぉ……一緒にけんちゃんとこで勉強しない？　雪希ちゃんの美味しい手料理も久し振りに食べてみたいしぃ」

「おいおい、どっちが目的なんだよ。それに発見とか言うほどのもんか、それが」

強引には程遠いが無敵のマイペースさを見せる日和に、健二は押し切られそうになる。

それを見て、いきなり『むつき』が二人の間に割り込み、そして叫んだ。

「ダメェエエエエッ！」

大人しい『むつき』には似合わない行動、何よりもその声の大きさに、健二はあ然とするばかりだ。自分のしたことに気付いた『むつき』もアタフタと動揺を見せる。「どうしたの？」と一人呑気にしているのは、日和だった。

「あのさ……悪いな、日和。つまり、そーいうことなんだ。先約があってな」

「ふ～ん、そうなんだ。じゃあ、清香ちゃんでも誘おうかな」

特に残念そうもなく去っていく日和に比べて、まだ『むつき』は顔を真っ赤にして身の置き所がないような様子を見せている。

「もしかして、ヤキモチ妬《や》いてくれたのかな？」

健二の言葉がますます『むつき』の顔をトマトのようにさせた。

☆　☆　☆

その日の放課後は約束通り（？）健二の家で『むつき』とのテスト勉強が行われた。

雪希も同じく友達の家へテスト勉強に出かけていたので、家の中には二人きりだった。

「男の部屋に上がるのは初めてだったりして……まっ、そんなことないか」

「先輩……あの……私、初めてです」

気を紛らわせようとして言った健二の冗談が、逆に墓穴を掘った。その場は何とか笑ってやり過ごし、健二はテーブルを広げて勉強道具などを取り出してはみたものの、今度は視線の隅に見えるベッドの存在を意識してしまう。

（マ、マズい……既にむつきちゃんは勉強を始めている。なのに、その教科書をめくる音がヤケに大きく聞こえる。このままだと何かとんでもないことをしてしまいそうな……）

平常心を取り戻すために会話の必要性を感じた健二は、そのきっかけを『むつき』の頭のリボンに求めた。

「あ、あのさ……むつきちゃん、そのリボンって俺がプレゼントした物なのかな？」

「いえ、これは……似た物を探してきて、もう何代目になるかは……」

「そーだよな。俺がプレゼントしたのってもう何年も前のことだもんな」

落ち着きを取り戻すことができて健二はホッと一息ついているのだったが、『むつき』にはは彼がリボンを感慨深げに見ているように感じてしまう。『むつき』としてはこの話題を避けたいようで、全く別の話を始めた。

「あのですね……今度、夜とかに先輩へお電話してもいいですか？」

「ああ、構わないよ。んじゃ、俺の方も電話とかしてもいいかな？」

「勿論《もちろん》です。電話番号は雪希さんに聞いてもらえば分かるかと……あっ！　だ、駄目です。ごめんなさい。そのぉ、ウチは……」

言葉の途中で一転して拒絶を見せる『むつき』に、健二は（お父さんとかがうるさいのかな）とあまり深刻に考えない。

「気にしなくていいって。俺もさ、雪希あてに男から電話がかかってくると、相手のことが気になって口やかましくなっちゃうんだ。兄貴の俺でさえそーなんだから」

気を遣って自分の恥まで口にしてくる健二の優しさが、『むつき』には心苦しい。

健二の前ではできるだけ平静を装《よそお》ったが、テスト勉強を済ませて自宅に戻った後、『むつき』は自室のベッドに腰を下ろして唇を噛《か》み締《し》めた。

「又、先輩に嘘をついてしまった。これで何度目に……ううん、そうじゃない。私が先輩に会ってること、その全《すべ》てが嘘なんだから……」

そう呟いて、『むつき』は頭のリボンをやや乱暴にほどいた。思い出の品でも何でもない、ただの自己満足に過ぎない物、赤いリボンが今は無性に疎《うと》ましかった。

☆　☆　☆

結局、健二の部屋での『むつき』とのテスト勉強は一日だけで終わった。

『先輩に教えてもらうばかりで御迷惑をかけますから……』

テスト勉強を中止した理由として『むつき』が口にしたその言葉に、健二は（むつきちゃんらしいな）と素直に納得する。彼女の感情の揺れを知らない健二にとって、今考えるべきことは別にあったのだ。それは、テスト後の休みに『むつき』とどこへデートに行こうかという問題だった。困った時の妹頼み、健二は雪希に相談を持ちかける。

「…雪希、どっかいい場所ないかなぁ」

「もう、おにいちゃんってば、すっかり進藤さんとらぶらぶなんだからぁ。そうねぇ……定番だけど、遊園地なんてどうかな？　海沿いに最近、開園したばかりの……」

「それだ、雪希！　さすがはマイ妹だ！　けど、彼女、大人しいからなぁ。あんまり絶叫マシーンとかは……まっ、観覧車とかって手もあるか。よーし、早速、下調べだな」

テスト期間が近付いていているのも忘れて浮かれまくる健二は、雪希が「？」という顔をしているのには全く気付かなかった。

「進藤さんが大人しい？　う～ん……確かにおにいちゃんの前だとそんな感じだけどぉ、進藤さんってクラスでもわりと活発な方なんだけどなぁ」

☆　☆　☆

出来不出来は問わないとして、テストが全て終了すれば健二にもテスト休みが訪れる。それは、健二が待ちに待っていた『むつき』との二度目のデートの日がやってくるということでもあり、場所は雪希のアドバイスに従って遊園地がセレクトされた。

「…今日は本当に感激です、先輩。遊園地なんて久し振りですし」

「俺もだよ。この解放感がテストの持つ唯一無二の利点かもな。さあ、行こうか」

健二と『むつき』が遊園地のアーチ状の門をくぐると、少し開けた場所に出た。

途端に『むつき』は風船を持つ着ぐるみのクマを追って走り出した。楽しそうに目を細めて笑うその『むつき』の表情に、健二はきっと自分もそうなのだろうと感じる。

健二の予想に反して、『むつき』は東洋一と呼ばれるスケールのジェットコースターすらも難なくこなしていった。

唯一『むつき』が苦手なのはホラーハウスであり、そこでは健二に嬉しいことがあった。

初めは服の裾を掴《つか》んでいただけの『むつき』の手が、恐怖のクライマックスでは身体ごと健二に抱きついてきたのだ。予想に反して『むつき』はどうやら着やせするタイプのようで、その意外なボリュームを健二は直接身体で感じることができた。

そして……夕暮れが一日の終わりを告げる頃、遊園地内の中央広場を鮮やかなイルミネーションが照らし出す。それを待っていたかのように園内には恋人たちの姿が目立つようになり、健二と『むつき』もその影響を受けないわけにはいかなかった。

一つのベンチに『むつき』の視線は注がれる。そこでは、ベンチだけを照らす小さなライトの光が一組のカップルを淡く包み込んでいた。

「素敵ですね……何か現実ではないような感じで」

「羨ましい？　だったら……そーだな。俺たちも羨ましがられてみようか」

そう言って、健二はリボンに括《くく》られた『むつき』の髪にふわっと触れた。少しだけリボンを指で撫《な》でると、そっと近付いて……小さな唇に自分の唇をゆっくりと重ねた。

二人のキスが合図でもあったかのように、夜のアトラクションの一つである花火が夜空に舞い上がった。二人の顔に花火の光が照り返す中、『むつき』はようやく健二とキスをしているのだと自覚して、ハッと唇を離した。健二も自分の大胆な行為に照れてしまい、極めてロマンチックなことからは遠い発言をする。

「その……さすがは新装したばかりなだけに、花火にも気合が入ってるな。凄《すご》く綺麗だ」

「はい。でも……あの時の、先輩が持ってきてくれた打ち上げ花火も綺麗でした。白い砂浜と水面の両方に光が照り返していて……」

その言葉に今こうして再会できている喜びを触発された健二は、もう一度相手を確かめるように唇を合わせる。『むつき』もそれに応えて、すっと目を閉じた。

『むつき』の耳に、遠くからは楽しそうな音楽と花火の音が、近くには健二の息遣いが聞こえる。しかし、『むつき』の思いは複雑だった。

(先輩が優しいから嫌い……私に優しくしてくれるから好き……)

☆　☆　☆

キスをクリアすれば、健二が『むつき』と毎日でも会いたいと思うのは至極当たり前のことだ。胸の内に複雑なものを抱える『むつき』も「会いたい」と言われれば拒めない。

遊園地でのデートの翌日も誘いに応じて、『むつき』は健二の家を訪ねていた。

「今日から明日にかけて、雪希は部活の合宿というかお泊まり会なんだ。俺も一人だと淋しいから、良かったらむつきちゃん、このまま泊まっていく？　なーんてね」

口調は冗談混じりだったが、本音の部分では百パーセント本気である健二の発言。

それは、『むつき』の中に存在する心の隙間《すきま》を刺激した。健二と会っても会っても埋まらないばかりか、却《かえ》って広がっていく心の隙間を。

特に何をするわけではないが、健二と『むつき』は同じ時間を過ごしていく。

夕方になれば二人で外に買い物に出かけ、キッチンでは夕食作りにも励んだ。料理における多少の失敗すら楽しいのも、二人ですることに意味があったからだ。

夕食を終えて居間でくつろぐ頃には、『むつき』が時計をチラチラと気にする回数が増えていった。そんな姿を横目で確かめて、健二が口を開いた。

「…駅まで送っていくよ、むつきちゃん。今日は楽しかったなぁ」

促されて、『むつき』も顔を伏せるようにして頷いた。だが、部屋を出た健二が玄関のドアノブを握った瞬間だった。健二のシャツの袖《そで》を『むつき』の手がクイッと引っ張った。

「先輩……先輩と……このまま一緒にいたいです」

☆　　　☆　　　☆

夜の闇《やみ》が街を包み込み、健二の部屋にも仄《ほの》かに明かりが灯《とも》る。

そのベッドの上では、健二が『むつき』を身体の下にして抱きしめていた。

波打つような心臓の鼓動と火照った身体の熱、互いが相手のそれを感じる。

「先輩に全てお任せします。先輩だから……」

震える『むつき』の声に応えて、健二は彼女の着ている制服、その腰の大きなリボンをほどく。続いてスカートが取り払われると、きゅっと『むつき』の唇が結ばれた。そこに健二の唇が重ねられた。飽くまでも優しく、そっと触れるかのように。

「不安だとは思うけど……安心させたいんだ。こんなことしかできないけど」

「いいえ……安心できました。先輩のキスは……魔法みたいです」

逸《はや》る心を抑えて、健二は『むつき』の胸のボタンに手をかける。一つ、又一つと……。

そして、ブラとショーツだけになった『むつき』の肢体が健二の前に現れる。

恥ずかしさに上気している肌を冷まそうとするかのように、健二は首筋にフーッと息を吹きかけた。それは逆に『むつき』の肌を更に桜色に染めていった。

シンプルなデザインのブラに包まれた胸、そこに手を伸ばすよりも先に健二は頬《ほお》ずりするように顔を近づけてみた。汗の混じった甘酸っぱい『むつき』の匂《にお》いを胸一杯に吸い込むと、健二は脳みそまで蕩《とろ》けてしまいそうな気がした。

「せ、先輩……それって何か触られるのより、恥ずかしいです」

「そう？　俺って母親を知らないから、こーして甘えてみたかったのかも。だから……」

パチンと背中のホックを外すと、いきなり健二は『むつき』の乳房に吸い付いた。出るわけもない母乳を求めるように、乳首に対して集中的に。

「はぁっ！　駄目です、先輩。そんな音を立てては……んんっ、そんな風にされたら……」

拒否を見せる言葉とは裏腹に、『むつき』の乳首は乳輪ごと赤く染まり、硬く尖《とが》り始めていた。それを確認すると、健二は次に『むつき』の下半身にも視線を移してみた。青いストライプ柄が入ったショーツ、その柄のラインの一本だけ色が滲《にじ》んでいるように見えた。

試しに指でそこをすっとなぞると、染みが少し広がった。

（むつきちゃん……感じてくれてるんだ）

その確信が、健二を最終的な行為へと導いていく……。

そして……二人は生まれたままの姿になった。

股間《こかん》の男性自身の昂《たか》ぶりが、自分がどれだけ興奮しているのかを顕著に示しているそれを見せるのが、健二は少し恥ずかしかった。確かに初めて目にする男性器に『むつき』も驚いてはいたが、健二の心配は無駄に終わった。『むつき』も自身の秘所が湿り気を帯びているのを自覚し、穴があったら入りたいような心持ちだったのだから。

若干上ずった声で、健二は『むつき』に最後の確認をする。

「いいかな？　俺、経験ないから、その……痛くしちゃうかもしれないけど」

「先輩って優しいです。だから……平気です。我慢できます」

手を触れるとピクンと跳ねる『むつき』の身体をしっかりと抱き止め、健二は腰を送る。

「先輩……好きです……大好きです」

「俺もだ。愛してるよ、むつきちゃん……」

健二の言葉には心がこもっていた。それだけに、『むつき』には耐えられなかった。

『むつき』の頭の中を「むつき、むつき、むつき……」と、自分のものではない名前が悪夢のように駆け巡る。そして……。

「駄目…です……駄目ぇぇぇっ！」

そう叫ぶのと同時に、『むつき』は健二を拒絶し、跳《は》ね除《の》けた。

何が起こったのか理解できず呆然としている健二の前に、身体を壁に押し付けるようにして縮こまり、ポロポロ涙を流す『むつき』の姿だけが暗い部屋に浮かび上がっていた。

「どうしたの？　怖かったのかな？　別にいいんだよ、気にすることは……」

健二が優しく問いかけても、『むつき』はただ泣き続けるだけだった。

☆　☆　☆

『ごめんなさい、先輩……』

最後にそう一言だけ残して部屋を出ていった『むつき』を、健二は黙って見送るしかなかった。そのまま呆《ほう》けたように自室のベッドの上にごろりと横になり、健二は天井を見つめる。「なぜなんだよ、むつきちゃん……なぜ……」と心の中で何度も繰り返す。

やがて日が昇り、そして沈む。健二が現実へと回帰したのは、ほぼ二十四時間、一日が過ぎた後、雪希が部活の合宿から「ただいまー」と帰ってきた時だった。

「雪希……そーだよ……雪希！　電話だ。電話番号を教えてくれ！」

「ど、どうしたのよ、おにいちゃん。いきなり大きな声で……えっ？　なんか顔色悪いよ」

「いいから、むつきちゃんの電話番号を早く！　俺、彼女に電話して話さないと……」

「むつき？　誰なの、その人って？　おにいちゃん、少し落ち着いてよ」

要領を得ない雪希を無視して、健二は自分で彼女の部屋からクラス名簿を探し出した。そして、雪希のクラスの頁にある『進藤』という姓の電話番号をダイヤルする。

「…もしもし、進藤さんのお宅ですか。俺、いや、僕は片瀬健二という者ですが、その、むつきさん、いらっしゃいますでしょうか」

受話器の向こう側から母親らしき女性の声が健二に告げる。

『あの……ウチのむつきでしたら、全寮制の学校に入ってまして。春休みになるまでは家には帰ってきませんが』

「えっ……そんな……じゃあ、俺は誰と会ってたんだ……」

愕然《がくぜん》とする健二の目に、クラス名簿の中の文字が映る。『進藤』という名字の後ろには、『むつき』ではない別の名前が記されていた。

（これは……そうか。だから、雪希も今さっき名前を言っても分からなかったのか）

「申し訳ありませんでした……」と電話を切った後、健二は『むつき』と……いや、『むつき』だと彼が思っていた彼女と過ごした、ここ数日の出来事を思い出す。

レーズンクレープをゆっくりと口にしていた『むつき』……クレーンゲームを失敗していた『むつき』……リボンのことを聞かれて口ごもっていた『むつき』……そして、遊園地の花火を見て『むつき』が言った『あの時の打ち上げ花火も綺麗でした』という言葉。

(そーだ……あの時、冬の海岸でむつきちゃんは俺と線香花火をしていたはずだ。打ち上げ花火を喜んでいたのは……)

健二が真相に辿《たど》り着《つ》いた時、目の前の電話が鳴った。受話器を取ると、長い沈黙の末に小さい呟きがたった一言聞こえてきた。

「花火…してるんです」

健二は受話器を置くと、家を飛び出した。いつのまにか降り出していた雨の中、何度も足を取られて転びつつもひたすら海岸に向かって走り続けた。

☆　☆　☆

一方、その砂浜では傘もささずに一人の少女がしゃがみ込んでいた。手にした線香花火に向かって無駄だと分かっても、何度もライターで火をつけようとしていた。

虚《むな》しく散るライターの火花の中に、彼女は過ぎし日の記憶を見る……。

……子供の頃、おしとやかな姉のむつきとはまるで正反対のように元気がいいと、よく周りの者に言われたが、彼女は気にしていなかった。「お姉ちゃんはお姉ちゃん。アタシはアタシ！」と思っていた。そう、あの少年が現れるまでは。

サッカーボールをいつも小脇《こわき》に抱えた少年、彼のことが好きだと彼女が初めて気付いたのは、姉が彼からリボンをプレゼントされるのを見た時だった。でも、「アタシも欲しい」とは言えなかった。

姉に対して嫉妬《しっと》を覚えたのは、二人が仲良く線香花火をしているのを見た時だった。彼女が『打ち上げ花火……キレイだよ』と告げた言葉は、少年には届かなかった。

そして、ケンカに負けたこと以外では初めて、彼女は泣いた。

一縷《いちる》の望みを託して、彼女は姉の姿を借りて少年に聞いてみた。『私のこと、好き？』と。その問いに少年が頷いたことで、彼女の望みは断たれた。だから、彼女は絶望的に呟いた。『おとなしいコの方が好きなのね』と。だから、『キスして』と一瞬の思い出を作ることだけに走ってしまった。それがあの別れの日の真実だった……。

……雨に混じって、ポトリと涙が一粒砂浜にこぼれる。

「…あの日から、お姉ちゃんみたいになれるようにって、赤いリボンもつけてみた。もし、いつかあの男の子に会えたら、好きになってもらえるようにって……初めて下駄箱で先輩を見た時、似てるって思った。そして、先輩がリボンのことを覚えてるって分かった時は胸がドキドキした。でも、先輩が求めていたのは……だから、私は『むつき』と……」

いまだに線香花火には火がつかない。それが嘘をついていた自分への罰だと感じ、彼女は持っていたライターを投げ捨てようとする。その手を誰かが制した。

「俺が火をつけるよ……いや、俺にやらせてくれ」

彼女が見上げると、そこには健二の顔があった。健二は彼女に後ろから覆《おお》い被《かぶ》さるようにしゃがみ込むと、花火に向かってライターをかざす。

「ごめんなさい……先輩が見てくれているのは私じゃないって、分かってたんです。だから、言えなかった。怖かったんです……私は先輩が好きになってくれるような、大人しい女の子じゃないから……むつきお姉ちゃんみたいにはなれないんです！」

彼女の告白に、健二は何も言わない。カリカリッとライターの石の音がただ響くのみ。

「それだけじゃないの！　私、もっと卑怯《ひきょう》なこともした……あの時、お別れを言ったのも全部嘘だったの。あなたがお姉ちゃんと会えなくなればいいと思って……ウチに帰ってからもお姉ちゃんに言った。『あの男の子はもう来ない』って嘘を……」

その時、やっと線香花火に火がついた。だが、雨で湿った花火はすぐに消えてしまう。

「ごめんなさい、先輩……何度も本当のことを言おうと思ってたのに……ごめんなさい」

静かに、健二は口を開いた。

「前に言ったよね。『ごめんなさい』は禁止だって。実は、あの約束、今も続いてるんだ」

「えっ……？」

「それに、謝るなら俺の方だ。ごめん。俺が初めから『むつきちゃん』だって勝手に思い込んだせいで、君を苦しめて……でも、俺が実際に見ていたのは過去の『むつきちゃん』じゃない。俺が見ていたのは……」

それ以上は上手《うま》く言葉にできず、健二は彼女をぎゅっと抱きしめた。

「先輩……いいんですか、私で。『むつき』じゃない私で……」

「明日、どっか遊びに行こうか。今度は……そう、確か身体を動かすのが好きだったよね。だから、それに見合った場所にしような」

先程までとは違う種類の涙を浮かべている彼女は、健二の頬のすり傷に気付いた。

「先輩、ほっぺたから血が……」

「ああ。さっき転んだ時にでもできたかな……えっ？」

彼女はその傷口に躊躇いなく舌を這《は》わせた。頬に当てられた唇の感触は懐かしさと共に、健二に暖かさを感じさせる。それは彼女も同じだった。

雨に濡れて寒いはずなのに暖かい……『むつき』と姉の名前を名乗っていた女の子は、初めて心から健二の存在を間近に感じることができていた。

☆　☆　☆

数日後……。何日か遅れのバレンタインデーの贈り物として、健二は少し焦げ目のついたチョコクッキーを受け取った。

「ありがと、むつ……いや、その、さつきちゃん」

それを聞いて、『進藤さつき』はプクッと頬を膨らませた。自業自得とはいえ、やはり恋人である健二から名前を間違われるのは嬉しいことではない。

「あうぅ……これで今日はもう五回目ですよ。十回を越えたら、ペナルティとして何か奢《おご》ってもらいますからね、先輩！」

少し地を出すようになったさつきを、健二は好ましく思っていた。それはそれとして、ここはご機嫌を取らねばと、目の前でもらったばかりのクッキーを食べてみせる。

「モグモグ……うん。味はちょっと違うような気がするけど、あの頃よりも何倍も嬉しい」

「嬉しいです、先輩……でも、むつきお姉ちゃんがそれを聞いたら、きっと怒りますよ」

続いて健二は「早いけどホワイトデーのお返しのつもりで」とポケットからリボンを取り出し、さつきの頭の赤いリボンを外して、新しくそれを結んだ。

「赤いリボンは他の人に贈ったものだからな。やっぱり、こーしないと……」

「はいっ！」

そう元気よく返事をしたさつきは、頭のリボンにそっと手をやる。

そこでは、さつきが前に好きだと話した空の色と同じ『みずいろ』のリボンが風に揺れていた。

AFTERえちぃSTORY　『はうとぅ本の導き』

放課後の校門を抜けると、海からの暖かい風が俺の頬をくすぐる。そんな風に空へと舞い上がっていくのは、散り終わった桜の花びら……なんつーて、叙情に耽《ふけ》ってる場合じゃない！　こうして無事に三年生へと進級できたというのに、俺、『片瀬健二』にはまだやり遂げていないことがあった。

ぶっちゃけて言えば、それは最愛のさつきちゃんとの初体験、初Hというヤツだ。

最初の時の気まずかった中断には、二人の気持ちを確認し合うという意味があったわけだが、その後の機会までことごとく潰されていた。ある時は俺の部屋でこれからって時に雪希が帰ってきてしまったり……又、ある時はさつきちゃんのアノ日が始まってしまったりと。一度、お祓《はら》いでもした方がいいんじゃないかってくらいのツキのなさだった。

『先輩……私は先輩と一緒にいられるだけで充分ですから』

さつきちゃんがそう言ってくれるのは嬉しかったし、その場では「俺もさ……」なんてカッコつけてはいたが、思考回路を脳から下半身へと移行させれば話は違った。

一刻も早くさつきちゃんの初めての男になって、その後もテクの限りを尽くして彼女をオレ色に染めていってやるぜ……と妄想だけが勝手に暴走を始めている始末だ。

そこで俺は計画を立てた。名付けて、『第一次ヴァージンホール突破作戦』！

……名付けない方が良かったかもしれない。

そして今……ラブホの一室、そのベッドの上で俺はさつきちゃんがバスルームから出てくるのを今や遅しと待っていた。

第三者の邪魔が入らないようにと、この場所を選んだ。悪いとは思ったが、さつきちゃんのアノ日のスケジュールを把握して今日という日に決めた。これまでの一週間、はうとぅ本やえちぃビデオを研究し尽くし、フィニッシュまでの手順も完璧《かんぺき》だ。イザという時、勃《た》たなくなることもあると聞いて、ここ数日の食事のメニューも精力抜群のものを雪希に頼んで用意してもらった。現在、パンツの下には既にコンドームも装着済み！

一つ誤算といえば、バスルームに一緒に入ってえちぃなムードを高めようと思っていたのが、さつきちゃんに断られてしまったことか。くそっ、やっぱり「身体の洗いっこをしよう」なんて言わずに「背中、流してくれる」くらいで止《や》めておくべきだったか。

「先輩……そのぉ、お待たせしました」

バスルームからさつきちゃんが出て……うおっ！　身体にはバスタオル一枚だけってことは、その下は……ゴクッ！　俺はタオルを剥《は》ぎ取《と》りたい衝動を抑えて、計画通りにコトを進める。まずは、「ノドが渇いただろ」とドリンクをさつきちゃんに差し出した。

「じゃあ……君の瞳《ひとみ》に乾杯」

きょとんとする、さつきちゃん。早くもムード作りに失敗。寒っ！　すっげぇ寒っ！

ど、どーする？　はうとぅ本には……えっと……『ムードが悪くなった時は時が流れるのを待つのも手です…』とか書いてあったが……えーい、そんなの待ってられるか！　ワザとらしく「おっとっと…」と転んだフリをした俺は、さつきちゃんを抱き寄せる感じでベッドに倒れ込んだ。そして、間髪入れずに最後の砦《とりで》、タオルを剥ぎ取った。

「キャッ……せ、先輩、恥ずかしいです。そんなに見ないでください……」

そう言われても無理だ。横になっても型崩れしないバスト。風呂上《ふろあ》がりのせいもあってほんのりピンクに染まった肌。滑らかなラインを形作る腰。そして……そしてぇぇぇっ！　ヘアを通してわずかに見える、さつきちゃんのオ、オ、オ……放送禁止用語ーっ！

「じゃあ、見るんじゃなくて……くりくりしてみるね」

俺は手を伸ばしてさつきちゃんの胸に触れると、小さな突起を指に挟んでこねくり回す。

「上だけだと平等じゃないから下の方も……こっちはくりくりよりもクチュクチュかな」

手探りで伸ばした指を秘裂に沿って上下させる。ついでに、空いている指で隠れていた敏感な突起物を掘り起こし、包皮ごとバイブレーションを与えてみる。

「んんっ……そ、そんな……ぁん、先輩、身体が……はぁぁぁん！」

セックス本番はまだだったが、愛撫《あいぶ》は今まで何度となく繰り返してきていた。そのせいか、さつきちゃんの感度も上がってるようだ。ここは本人にもちゃんと教えてやろう。

「乳首、勃ってきたね……アソコもすごく濡れてるから、指がふやけそうだ」

「イヤ、イヤ、先輩のイジワル！　そんなこと言わないでくだ……はぁうっ！」

真っ赤な顔で嫌がりながらも感じてしまう、さつきちゃん。

それを見て、俺はお願いをする。「さつきちゃんのアソコがもっと見たい」と。

初めは戸惑っていたが、最終的にはさつきちゃんも受け入れてくれた。仰向けになり、俺の目の前で自ら腰を上げて股間を広げるようにする、恥ずかしい格好を。

「ビショビショだね。シーツまで垂れてる……それに、カワイイお尻《しり》の穴まで丸見えだ」

いわゆる、言葉責めをしつつ、俺はクンニを始めた。目標は、さつきちゃんを一度絶頂に導き、初体験をより円滑にすることにある。すぐに、サラサラで透明だった彼女の愛液もねっとりと白濁していき、そして……ひときわ甲高い喘《あえ》ぎ声と共に、さつきちゃんのアソコからピュッと液が噴出し、一瞬痙攣《けいれん》した身体がぐったりとなった。

よっしゃーっ！　これも、はうとぅ本による連日連夜の特訓の賜物《たまもの》だーっ！

そう、心の中でガッツポーズを取った俺だが、ここからが本当の正念場だ。

「さつきちゃん、とうとう俺たちが一つに……ずっとこの瞬間を待っていた」

「せ、先輩……私、これで先輩のものになるんですよね。嬉しい……」

俺は優しく微笑《ほほえ》むと、股間のモノをさつきちゃんのアソコにあてがい、挿入へと……。

「あうっ！　くっ……つ、続けてくだ……んぐっ！　そのまま奥まで……！」

さつきちゃんはそう言ってくれたが、俺は躊躇《ちゅうちょ》してしまった。彼女の歪《ゆが》む表情と処女ゆえの出血はとても見ていられるものではなかったのだ。あれほどビンビンだった俺のモノ

までがフニャフニャと萎《な》えていってしまいそうだった。

「だ、駄目です……今日は絶対に最後までいくって決めてきたんですっ！」

そう言って、さつきちゃんは俺を寝転がせるようにして、上に乗っかってきた。

なるほど。はうとぅ本にも、女性が自由に動ける騎乗位は初体験に有効とあった。

現金なもので、自ら腰を動かしてプルンプルンと胸を揺らせるさつきちゃんを見ているうちに、俺のモノにも再び力がみなぎってきた。それに、彼女の膣内《ちつない》もキッさだけではなくヌルヌルと滑るようになった気が……それは俺の錯覚ではなかった。

「す、少しだけ私も……奥に先輩のが当たって……はうっ、気持ち…いいですぅぅっ！」

こうなったら、俺も……と腰を突き上げたのが、俺の限界を早めてしまった。

「くっ！　ご、ごめん、さつきちゃん。俺、もう出ちゃうかも……」

「せ、先輩、私も一緒に……はあぁぁっ！　せんぱぁぁぁいっっ！」

……そして、俺たちはほぼ同時にイクという理想的な初体験を迎えた。

が、俺の計画には含まれていない意外なオチが待っていた。

「先輩……あの最中に又、私のことを『むつき』って二回ほど……」

罰として俺はペナルティを払わされた。ペナルティと呼ぶには相応《ふさわ》しくない、俺にとっても嬉しい、えちぃなものだったが……。

End

麻美の章

それは健二がまだ幼かった頃《ころ》のこと……。

あの日、グズる日和を、そして少し淋《さみ》しそうな顔をする雪希を置いて、健二は結局サッカーをやりに公園へ出かけていた。だが、どういうわけかは分からないが、待ち合わせをしていた友人たちはそこにいなかった。

健二は仕方なく公園の中をブラブラする。暇つぶしにボールをポーンと蹴《け》り上《あ》げると、リフティングが甘く、ベンチの下に転がっていってしまった。

その偶然が、ベンチの下にあった空のダンボール箱を健二に見つけさせた。箱に書かれた文字から、どうやら捨て猫が入っていたものだと考えられる。

「だれかが拾っていったのかな。そーじゃなかったとしたら……」

いろいろと考えを巡らせ、それが悪い方向へと傾いてしまうと、特に動物好きではない健二でも腹が立ってきた。自分の都合で捨てるのに、『かわいがってください』などと書いてあるのにもむかついた。目の前にいない相手に怒りをぶつけていてもしょうがないと、健二はせめて捨てられた猫が幸せになっていることを願う。

「…ウチの雪希みたいな、さびしがりやだけどやさしい女の子に拾われて……いまごろはきっとなかよく一緒に遊んで……」

そんなことを想像しているうちに、健二まで急に淋しい気持ちになってしまった。

「ちぇっ……日和とでも遊んでやるか。雪希も待ってるだろうし」

健二は自分の家に向かって走り出す。途中、何度か振り返ってダンボール箱を見つめた。もしかしたら、今にも「ニャー」という鳴き声が聞こえてくるかもしれないと思って。

ある冬の日の、翌日には忘れてしまうような、ほんの些細《ささい》な出来事だった。

☆　☆　☆

時の流れは新しい記憶を積み重ね、思い出という括《くく》りで過去の出来事を別なものに塗り変えていく。それは、少年から青年へと近付いた健二にも例外ではない。

「…あと二ヶ月もすれば、俺《おれ》も高三か。進路とかも考えなきゃいけないんだろうな……」

そう呟《つぶや》いた健二は、高校からの下校途中であった。

部活に参加していないので特にすることがない。この日もこうして目的もなく街中をぶらつくことで、健二は夕方を迎える。

バドミントン部の一員として有意義な放課後を過ごす妹の雪希にも、「おにいちゃん、運動神経悪くないんだから、中学の時みたいに部活やればいいのに」と常々言われてはいた。

が、体育会系特有の上下関係やしきたりが体質的に向かない、それどころか目上の者に対しても堂々と反抗してしまうのが、健二という人間だった。

「…小学校の頃から『協調性に欠ける』とか通知表によく書かれてたっけ。中には、『片親だと目が行き届かないようですね…』なんて言い出すバカ教師もいたけど」

独り言とはいえ『バカ教師』とか口にした報いか、健二は突然にわか雨に襲われる。

チッと舌打ち後、健二は慌てて公園の中へ、屋根のあるベンチの下に逃げ込んだ。

「おっ、止《や》んできたな。やっぱり、にわか雨だったか。さすがは俺、ツキがある……ん？」

周りを見渡した健二は、後ろに一人の女の子が立っているのに気付いた。

制服から見て自分の通う高校の上級生と判断した健二は「ども、こんちは」と声をかけてみる。しかし、相手からの返事はいちいち宙に視線を泳がせた後のものだったのでテンポがずれていた。健二の言葉を借りれば、「ほけーっとしている」というところか。

「えっと……とにかくウチの高校の三年生、先輩ですよね。先輩もここで雨宿りだったんですか？　まあ、すぐに晴れて良かったですよね」

「……これで洗濯物が…よく乾きます」

先輩らしき女の子のその言葉は論理的には正しいが、やはり健二には理解しにくい。

他の者だったら「関《かか》わり合いにならないほうがいい」と早々に立ち去っただろうが、そこが健二の健二たる由縁、彼は粘り強く会話を続けた。単に暇だったのもあったが。

おかげで、健二は一つの収穫を得ることができた。

「えっと……こーいう雨上がりの空もいいよね。ただ晴れてるよりも得したような気分で」

会話に詰まって健二が適当なことを言ったのに対して、「はい…」と答えて微笑《ほほえ》んだ彼女の表情は、相手が年上なのを忘れさせるほど無邪気で魅力的なものだった。

☆　☆　☆

名も知らぬ先輩の女の子との再会は、早くも翌日のお昼時にやってきた。

妹、雪希の心づくしの弁当を恩知らずにも早弁した健二は、学食に出向いていた。

我先にと昼食をゲットしようとする学生たちで通勤ラッシュ並みにごった返している群れの近く、ポツンと所在なさげに立っていたのは、昨日の公園で出会った彼女だった。

「あの様子じゃあ、いつまでたっても昼飯にありつけないだろうな。しょーがない。ここはフェミニストの俺が一肌脱ぐとするか……よっ、先輩、何が食べたいんだ？」

突然健二に声をかけられて、彼女は「？？？」と戸惑う。そして少し宙を見つめて考えた後、見た目の静かなイメージには似合わないメニュー、「力うどん…」と答えた。

「よっしゃー、待ってろよ。ここは一点突破だーっ！」

そう叫ぶと、健二は人波を巧みにかいくぐり、自分のぶんも含めて力うどん二人前をたやすくゲットしてくる。続いて、混み合う席の中から空いているテーブルを見つけて彼女をそこに誘導すると、「ほいっ、力うどん一丁、お待たせっ！」とその前に置いた。

しかし、健二の見事な手際に見惚《みと》れていたわけではないだろうが、彼女は目の前の丼《どんぶり》をじっと見つめているだけで手をつけようとしない。

「あれっ？　力うどんで良かったんだよね？」

「うん……お餅《もち》が好きなの……でも、これじゃあ駄目なの」

相変わらずの調子を見せる彼女に対して、健二は腰を落ち着けて話を聞く。

彼女の名は、『神津麻美《こうづあさみ》』。既に大学への推薦入学が決まっている三年生であった。

二ヶ月ほど先の春休みを心待ちにしている健二としては、当然の疑問が口から出る。

「この時期ってさ、もう三年生は自由登校のはずだよね。先輩はどーして来てるの？」

その質問の答えに、麻美がつい先程「これじゃぁ駄目なの」と言った理由も存在した。

「思い出を残すため……この学生食堂で、自分の手で買って食べるの」

「つまり、メニュー全品制覇とかじゃなくて……今まで自分でそーしたことがなかったと」

麻美は「はい…」と肯定した後、『しゅん』と落ち込む。麻美のスローモーぶりを見ていた健二がつい「無理じゃないかな」と言うと、更に『しゅうん』と落ち込んだ。

健二も「思い出を残すため」と知っては、それを一笑に付すことはできない。

「まっ、今日のところはとりあえずその力うどんを食べちゃってさ。明日からは俺も先輩の思い出作りに協力するよ。ちょっと楽しそうだしな」

「はい……お餅は好きですから」

「それはさっきも聞いたって。ククッ……よっぽと好きなんだな、お餅が」

まだ出会って二度目だというのに、健二は麻美の独特のテンポに妙に馴染《なじ》んでいる自分に気付く。そして、それを悪くないと思うのだった。

☆　☆　☆

翌日のお昼時。健二が学食でメニューを自力でゲットできるよう麻美に協力する時間だ。

「…先輩、俺がタイミングを計るから、まずはあの人だかりに向かって突進だ」

麻美は人だかりを目で確認すると、無言でふるふると首を振った。

「くっ……その『ふるふる』はカワイイが、そーいう問題ではなーい。突進開始ーっ！」

カウンターへと殺到する生徒たちの群れに付け込めそうなポイントを見つけた健二は、絶妙のタイミングで麻美の背中を押してその中に突進させた。人の動きに翻弄されながらも何度目かのチャレンジで、遂《つい》に麻美はカウンターの前まで辿《たど》り着《つ》くのに成功した。

「いいぞ、先輩。あとはそのままオバチャンに注文を……えっ？」

だが、麻美はカウンターの前で急に何やらぼんやりと考え始め、そのまま外へと弾《はじ》き出《だ》された。結論を言えば、注文はできなかったわけだ。

「どーしたんだよ、先輩。せっかくのチャンスだったのに」

「いえ……昨日はあなたが注文してくれましたから、今日は私があなたのぶんもと思って。でも、あなたが何を食べるのか聞いてなかったのを思い出しまして……」

一日に二度も奇跡は起きないだろうと判断した健二は、結局今日も「力うどん、二丁！」とカウンターのオバチャンに向かって叫ぶのだった。

そして、テーブルの前でしょんぼりと力うどんを見つめる麻美の姿も昨日と同じだ。

「申し訳ありません。あなたには又、お手間をかけさせてしまって」

「別に構わないって。それによく考えたら、昨日の今日ですぐに思い出が作れてしまうってのも、何となくつまんないよな」

「そうでしょうか？　そうですね……そんな気もしますね。又、お餅も食べられますし」

（う～ん、最後はお餅に辿り着くのか、先輩は）と思うと愉快になり、健二は二日連続でさして好きではない力うどんを食べる破目になったことが少しも苦にならなかった。

麻美が人の三倍ほどの時間をかけて力うどんを食べ終わるのを待って、健二は彼女に改めて初めて会った時のことを聞いてみる。

「先輩はさ、いつも帰り道にはあの公園に立ち寄るの？」

何かを尋ねられるといつもそうするように、麻美は小首をかしげて宙を見つめる。

「たまに…ですね。でも……今日でしたら天気がいいですから、あの公園には行きません」

健二は（普通は反対じゃないかな）と思い、今の発言の真意を重ねて尋ねると、麻美は微笑を浮かべて言った。「それは……秘密です」と。

男性というものは大体にして、女性の秘密とやらに弱い。健二もこの時、ドキリと胸が大きく一つ鳴るのを感じた。

「じゃ、じゃあ、又、明日ってことで。そう、明日こそは思い出作りに成功だな」

「はい……よろしくお願いします」

そう言ってペコリと頭を下げる仕草と同時に揺れる大きな胸が、更に健二を動揺させた。

☆　☆　☆

それから数日後、遂に麻美は自分の手で力うどんを注文することに成功した。

「か、買えました！　ゲッチュです！」

「やったぜ、先輩！　俺も今日こそはできるような気がしてたんだ」

学食の一角、麻美と健二だけが異様に盛り上がる。さすがに途中で健二の方は、力うどん一つで感動している二人を見て周りの者が引いているのに気付いた。

「ま、まあ、とりあえず食べようか、先輩。うどんが伸びてもなんだし」

「このご恩は一生、忘れ……えっ、お弁当？」

麻美は健二が何も注文せず弁当を持参しているのに気付いた。弁当をじっと見つめる麻美の視線に、健二が答える。

「あっ……今日はマイ妹お手製の弁当なんだ。経済的というシビアな事情もあってね」

「……そうなんですか」

言葉は素《そ》っ気《け》なかったが、麻美は内心嬉《うれ》しかった。弁当の存在は健二が学食に来る必要のなかったことを示している。すなわち、麻美のためだけにワザワザ来てくれたということに他ならない。だから、少しして麻美はこう言葉を付け加えた。

「明日も又、ここに来ます。お昼、ご一緒してもいいですよね？」

「思い出作りは済んだのに？」と言うほど、健二も鈍感ではない。「ああ、いいよ」と承

諾の返事をした後、思い切って次のお誘いの言葉を口にしてみた。

「先輩……今日の放課後とか時間空いてる？　もし空いてたら、俺と……」

「今日はその……友達とお話がありますから。ごめんなさい」

健二のお誘いは呆気《あっけ》なく空振り……いや、玉砕したのだった。

☆　☆　☆

その日の放課後。昼に麻美が口にした『友達』の存在が、健二を大いに悩ませていた。

（『友達』って男とかってことはないよな。いや、本当に友達程度だったらそれでもいいんだけど……）

思案よりも行動、と考える健二は三年生の教室へと足を運ぶ。

三年生は自由登校のため、幾つかある教室は訪れる者がなく一様にシンと静まりかえっていた。が、教室の一つから健二の耳に微《かす》かに誰《だれ》かの声が聞こえてきた。

「この声……先輩の声だよな。誰かと話をしているみたいだけど……」

声がした教室を健二が覗《のぞ》くと、人気のないその場所で、麻美が誰もいない空間に向かって微笑み、そして話しかけていた。一人芝居と呼ぶには抑揚に欠け、実際に誰かと会話をしているにしてはぎこちない様子が、健二に何か悪いものでも見たような感覚を与える。

麻美に視線が釘付けとなっていた健二は誤って机にぶつかってしまい、二人の視線が絡み合う。若干の沈黙の後、麻美が口を開いた。

「恥ずかしいところ……見られてしまいましたね」

「あの……先輩、誰かと喋《しゃべ》ってた？　ゆ、幽霊とかが相手じゃないよね」

健二と麻美、その二人だけしかいない教室。そっと俯《うつむ》いて……そっと顔を上げて、そしてゆっくり微笑んでから、麻美は「お友達…」と言った。

「えっ……？　友達って……」

「といっても、私の心の中にいるお友達のことですが」

又も謎《なぞ》めいたことを言う麻美だったが、今回はすぐに謎解きがあった。

「私……お友達と呼べる人がいませんから。子供の頃から私、のろまさんで……麻美ちゃんと遊ぶのつまんない、面白くないってよく言われて……かけられる言葉はその頃とは少し違いますが、今でもそれは変わらないようで……」

悟り切ったような淡々とした口調で、麻美は自らの辛《つら》い事実を語る。聞いている健二の方が居たたまれずに声を上げた。

「先輩……どーして俺にそんなことを話すんですっ！　俺なんかに……」

「お昼、付き合ってくれました」

「あ、あんなことくらいで、そんな……」

「それに、思い出を残すのも助けてくれました……嬉しかった……」

そう言って、少し頬《ほお》を染める麻美の表情が健二の胸を締めつける。そして、『あんなこと』と軽はずみに言ってしまった自分の迂闊《うかつ》さを恥じる。

「よ、寄り道しようぜ、先輩！」

健二は頭で考えるよりも先にそう口にしていた。すぐに慌てて補足説明を入れる。

「あっ、その、寄り道っていうか、道草……いや、散歩……えーい、とにかく、俺とどこか行こうよ。こんな淋しい場所に一人でいないで、俺とどこかに……」

「散歩…ですか。いいですね。私も行きたい…です」

外からの柔らかい陽射《ひざ》しが机に反射して天井を明るく彩る中、麻美のその言葉がまるで呪文《じゅもん》のように健二の心を捕らえて離さなかった。

☆　☆　☆

急なことだったので気の利いた場所を思いつくわけもない。街をぶらついた末に健二は結局例の公園を麻美と訪れていた。ぐるりと公園内を見渡した麻美がやや唐突に呟いた。

「……雨上がりが一番好きなんです」

戸惑っている健二を見て、少し悪戯《いたずら》っぽい笑みを浮かべた麻美が言葉を続ける。

「雨上がりは出会いの時だから……ここは大切な場所。友達のいない私に大切な友達を運んできてくれました。だから、一番好きな場所」

「大切な友達って……？」

疑問を投げかけた健二を、麻美は無言でじぃーっと見つめる。

「えっ、もしかして、それって……俺ってこと？」
「だから、この大切な場所のことは秘密ですよ」
誰でも訪れることができる公園、それが『秘密の場所』だというのも妙だと思ったが、
健二は大きく頷《うなず》いた。麻美と秘密を共有すること、そこに意味があった。
沈みかける太陽が雲にかかり、薄くオレンジ色のグラデーションを作り上げる空の下に、
今、二人でいることにこそ意味があった。

☆　☆　☆

その週の日曜日。健二は昼過ぎになってやっと目を覚ました。

「おにいちゃん、いくらお休みでも寝すぎだよ。それに今日こそは部屋のお片付けを……」

母親のようなことを言ってくる雪希から逃れて、健二は街へと繰り出した。

そこで偶然出会ったのが、私服姿は初めて目にする麻美だった。

行き交う人々の動きからは少し浮いた感じでマイペースに歩いている麻美に、健二以外にも注目するものがいた。それはトテトテッと近寄っていく一匹の野良猫だ。

「さて、先輩はあの猫にどういった反応を……えっ？」

麻美は意外な反応を見せた。足元の猫を見た途端、脅《おび》えた表情でそれを避《よ》けたのだ。

「ふーん……先輩、猫が苦手なのかな。まあ、一応、チェック、チェックと」

そんな風に考える健二の視線の先では、麻美が本屋へと入っていった。どんな本を買う

のか興味を持った健二は、そこから出てくる麻美を待って声をかけた。

「先輩、奇遇ですね、こんな場所で会うなんて。これも運命かな……なーんて」

麻美はきょとんとした顔を、そして少し遅れてニコリと微笑む。

「先輩はどんな本を読むのかなぁ。まさか『お餅』の本ってわけじゃないだろうし」

「今日、買ったのは……日記帳です」

「日記かぁ……俺にとっては小学校の時に出された夏休みの宿題以来、無縁な物だなぁ」

どちらから誘ったのでもなく、自然に二人は『散歩』を始めた。

街中の喧騒《けんそう》とは一変して、波に乗った冷たい風が吹く、心なしか淋しい雰囲気がある海岸まで来た時、麻美は小さい頃に読んだ絵本の話をする。

『いつも、そこにいた女の子……何があってもずっと一人』

『ずっと前からその子が考えていたこと…いつかお友達とここで遊んでみたいなって』

『そして今日もその子は一人ぼっち……毎日が同じことの繰り返し』

『ある日のこと……降り出した雨が止んだ、そんな時のこと……女の子に届く声があった』

『一緒に遊ぼうって……』

奏でられたオルゴールのような麻美の語りが終わり、健二が問いかける。

「それで……その後、女の子はどうなったんですか？」

「さあ、どうだったかしら……もう忘れてしまいました」

先日、麻美から聞いた本人の境遇とあまりにも絵本の話は似通っていると感じた健二は、少し質問を変えてみた。

「……先輩の夢は叶《かな》いましたか？」

「ちょびっと」

可愛《かわい》い言い回しで答えた麻美が、今度は健二に尋ねる。

「あなたには、夢ってありますか？」

「う～～ん、夢か……難しいな。えっと、そのぉ、考え中ってことで」

「いつか考えがまとまったら、私に教えてくださいね」

適当に返事を濁した自分の言葉にも真剣な反応をする麻美を見て、健二は改めて絵本の少女と麻美を重ね合わせてしまう。

そのせいだろう、麻美と別れて自宅に戻った後も、健二は頭から彼女のことが離れなかった。それは、夕食を雪希と囲む食卓においても変わらない。

「…おにいちゃん、ちょっと相談なんだけど……近所で子猫が生まれたの。その中の一匹をウチで引き取りたいんだけどぉ……ダメかなぁ？」

そんな雪希の問いにも、健二は上の空で「ああ」と承諾の返事を出す有様だった。

☆　☆　☆

翌日の学食で、健二は麻美に幼なじみの日和や清香を紹介する。

麻美に友達と呼べる存在を増やしてやりたいという意図が、健二にはあった。

「先輩、こいつは日和っていうんだが……まっ、昔から俺の子分みたいなもんで、いい遊び道具かな。先輩も自由に扱ってやってくれ。滅多なことじゃ壊れないから」

「ヴ～っ、ヴ～～っ！　けんちゃん、そんな紹介の仕方ってないよぉ。ぐっすん」

「それから、こっちの『身長ごまかしリボン』は、清香だ。頭の上のウィングは時として食虫植物に変化するから、先輩も無闇《むやみ》に触らない方がいいよ」

「ムッキィィィッ！　な、なんですってぇーっ！」

失礼な言葉を連発する健二を、麻美は「めっ！」と子供を相手にするように叱りつける。それに対して「はい、はい」と素直に従う健二を見て、日和も清香もそれぞれ二人の関係を「そうなんだ…」「そういうことか…」と理解した。それが良い方向に働いて、人付き合いの下手《へた》な麻美もこの時は日和や清香と普通に会話を楽しむことができた。

ちなみに、ここでも麻美は「お餅が好きなの」という主張を、日和と清香それぞれにいちいち説明していたが……。

その放課後。健二は、麻美が自分の過ごした教室にお別れを言うのに立ち会った。

「…さようなら。そして、ありがとう」

誰も座っていない椅子《いす》、薄っすらとホコリがたまっている机……そんな教室に向かって小さくてもはっきりとした声で、麻美は別れを告げた。

（卒業式なんて形式的なものよりも、今みたいな踏ん切りとかが何かから『卒業』するってことなのかもな……ん？　今、お別れするってことは、先輩は卒業式には……）

健二が「先輩は卒業式には出ないの？」と疑問を投げかけると、麻美は答えた。

「まだ決定ではありませんが、十日後の二月十五日にはこの街を立つ予定なんです」

「えっ……ああ、大学の方にもう……そこってここから遠いの？」

「ちょびっと」

「そっか……」と少し落ち込む健二に、麻美もポツリと洩《も》らす。

「さよならしたくないです……」

そう本音を言ってしまってから麻美はポッと頬を染め、ゴマカすように話題を変える。

「それにしても……あなたは随分とのんびりしていますね。こうして私に付き合ってくれるのは嬉しいのですが、もうすぐテストなのでは？」

「テスト……？　法定伝染病のこと？　それはペストだっつーの！　シェークスピア最後の戯曲？　それはテンペスト……なーんて、一人でボケてツッコンでる場合じゃなーい！しまったぁぁぁっ！」

数日後に期末テストが迫っているのをすっかり忘れていて慌て始める健二を見て、麻美が相談を持ちかける。「良かったら、テスト勉強をお手伝いしましょうか？」と。

災い転じて福となす、健二に麻美の親切を断る理由はなかった。

こうして明日からの麻美とのテスト勉強に胸躍らせながら家に帰宅した健二は、「ヤッホー。雪希、今、帰ったぞーっ」と玄関のドアを開けた途端、視界をいきなり塞《ふさ》がれた。

「ん？　この生温かくフサフサと……オマケに『ニャー』とか言ってるこの物体は……」

「あーっ、いいなぁ、おにいちゃん。もうネコちゃん、なついてるぅ」

昨日の夕食時の言葉通り、雪希が近所から子猫をもらってきていたのだ。

顔からペリッと子猫を引《ひ》き剥《は》がし、それをポイッと投げ捨てて健二は思う。

(そーいえば、前に街中で先輩は野良猫を避けていたよな。あれがもし猫を嫌いなんだとしたら……これはなんとかしないと！)

☆　　☆　　☆

翌日。麻美がテスト勉強のお手伝いにと健二の家を訪れる。

「先輩、俺の後に少し離れて付いいてきてくれる……うん、今のところは大丈夫…だな」

事前に子猫は雪希の部屋に閉じ込めておいたとはいえ、万が一を考えて、健二は辺りをきょろきょろと警戒しながら麻美を自分の部屋に誘導していく。

健二の部屋に入ると、今度は麻美がきょろきょろと室内を興味深げに見回して一言。

「自分の部屋以外に入るのって初めてなんです。だから、とても珍しく感じられます」

男としては持っていて当然だが、女の子に見られるとマズい物が見つかってしまう事態を危惧《きぐ》して、健二は早速勉強の準備を始める。

テスト勉強は、（ワザワザ先輩が…）という健二の心理的効果もあって順調に進んだ。

夕焼けが部屋の窓をオレンジ色に染める頃には、テスト勉強初日も終了の時間となる。

家の前で「自宅まで送っていくよ、先輩」「いえ、悪いですから」と、健二と麻美が言葉を交わしているところに、近所の親子連れが通りかかった。

「ねえねえ、お母さん。あの二人、こいびとなのかな。お別れシーン、やってるよ」

「駄目でしょ、コウちゃん。ほらっ、指を指さないのっ！」

「お兄ちゃんの方がおこったみたいな顔してるけど、さいごにはキスとかするのかな」

親子の、特に子供の方の言葉に、健二も麻美も気まずくなり黙り込んでしまった。

少しして、「あのガキ、いつかシバき倒すっ！」と苦々しく呟いた健二に、「ガキなんて言ってはいけませんよ」とたしなめる麻美。彼女は憤慨している健二とは違い、恋人同士だと思われたことが純粋に嬉しかった。

☆　☆　☆

麻美のバックアップに助けられ、健二のテスト勉強は連日続く。

テストを赤点なしでクリアしていけるのも嬉しかったが、それ以上に健二は二人だけで過ごすこの時間を、別に何が起きるでもない平穏な時間を貴重に思うようになっていた。

そのせいで気が緩んでいたのだろうか、ある日、ちょっとしたミスから隠していた子猫の存在を麻美に気付かれてしまった。が、意外にも麻美は別に猫は嫌いではないと言う。

「でも……前に商店街で見たんだ。先輩が野良猫を避けてる姿を」

「あの……野良猫さんは苦手なんです。何かずっとあのまま一人ぼっちな気がして」

そう淋しそうに話す麻美に、健二は以前に彼女自身が語った絵本の話を引き合いに出す。

「野良猫にだってさ、待ち続ければいつかは友達ができるんだろ。あの女の子のように」

「そう…なるといいですね」

多少は笑みも戻ったが、まだ麻美の表情には沈んだものが窺《うかが》える。

「あのさ、先輩。何かしてほしいこととかないかな？　テスト勉強を手伝ってくれている
お礼として……いや、俺、先輩のために何かしたいんだ。だから……」

健二は、まるで麻美への想《おも》いを口にしているかのようにそう問いかけた。

「あの……一緒にお散歩を……どこでもいいんです。その……あなたと一緒なら……」

ささやかな望みを麻美は口にする。それは問いかけへの答えと同時に、健二の想いに応《こた》
える言葉でもあった。

☆　☆　☆

テストも最終日を迎える。それはイコール約束通り麻美と『お散歩』に出かける日だ。

テストを受け終え、待ち合わせ場所の校門前にやってきた健二は麻美を見てまず気付く。

「お待たせ……えっ？　先輩、今日も制服なんだ。ど－して？」

「その……あなたが制服ですから不釣合いにならないようにと……ペアルックです」

「いや、ペアルックとは違うような……まっ、ちょっと嬉しいかな」

何となくお互いに顔を赤くする二人の姿から、今日の『お散歩』は始まった。

取り立てて、デートスポットと呼ばれる場所に立ち寄ることもない。麻美が言っていた『どこでもいいんです』という言葉は、二人にとって共通の思いだった。隣に相手がいるだけで他に何もいらない……というのは少々オーバーだっただろうが。

そして、二人の出会いの場所である公園に足を踏み入れた時、麻美の様子が少し変わる。

「…やはり、この街を離れることになりました。父と母がそうするようにと勧めるもので」

以前にそのことを聞いていたのにも関わらず、それを忘れて……否、忘れようとして『ずっと先輩はそばにいる』と思い込んでいた健二だった。

「あの……手紙、書いてもいいですか？　あと、電話も……そして、こちらに帰ってきたら、又一緒にお散歩もしてくれますか？　それに……それに……」

「いいよ…」と言うのは簡単だが、今の健二はそうしたくはなかった。

「先輩と離れたくない！」と言いたかった。でも、それは麻美を追い込むだけだと自制した。だから……。

「明日も、明後日も会おう。先輩がこの街を離れるまで毎日ずっと……」

健二はそう麻美に告げた。彼女をぎゅっと抱きしめたくなる気持ちを抑えて。

「はい……健二さん」

麻美が健二のことを名前で呼ぶのは、この時が初めてだった。

そして……街角に街灯が次々と灯《とも》り、『お散歩』の終わり、二人が別れる時間が訪れる。

「クスッ……眉間《みけん》にしわが寄ってますよ。そんな顔をしていてはいけません」

言いたいことは山ほどあるのに上手《うま》く言葉にできない健二の焦りを、麻美が指摘した。

「ちぇっ、子供扱いだよな。まあ、実際に先輩より一つ年下で頼りないだろうけどさ」

「ほら、又……そんな顔してると、この前みたいに男の子にからかわれてしまいますよ」

以前の出来事をそう口にした麻美は、「服のしわも直してあげます」と健二の肩に手をかける。そして、不意打ちのようにその唇を奪った。

仄《ほの》かな温もりが健二を包み込む。束《つか》の間《ま》、時が止まり、そっと麻美が離れながら目を開いていった。健二の肩を使って背伸びしていたのを元に戻し、静かな呼吸に香りを残して。

「…あの時に男の子が言ってました。恋人なら最後にキスをするって。だから……」

健二も『恋人』という言葉を証明する。再びのキス……。

健二の肩にぎゅっと麻美の手の感覚が伝わり、先程の言葉とは逆に彼の服に新しいしわを作っていた。

☆　☆　☆

健二と麻美が互いを必要とし求め合う気持ちは、残り少ない時間ゆえに強くなる。

翌日。健二の家を訪れた麻美は、「今日、担任の先生にも最後の挨拶《あいさつ》をしてきました」

と言って、その時にもらった自分の写る写真を見せる。

それは、秋の文化祭の時に撮られた写真だった。背景のお祭り騒ぎに比べて、たった一人で写っている麻美の姿が彼女の孤独な状況を如実に表わしている。

「あのさ、この写真、俺がもらってもいいかな。あそこの机の上に飾って、朝起きた時にいつも『おはよう』とか声をかけたり……なーんてね」

胸が詰まるような苦しさを軽口で打ち消そうとする健二に、麻美は言った。

「でしたら……離れてしまいますから……私も健二さんの写真が欲しいです」

「えっと……だったら、明日、一緒に写真を撮りに行こうか。二人で写っている写真の方が記念にもなるし……あっ……」

自ら言った『記念』という言葉が別れの日を予感させ、健二の胸にグサッと突き刺さる。

「そ、それで……明後日は遊園地に行ってみようか。たまにはそういうデートっぽいのもさ。その次の日は疲れも残ってるだろうから、又、お散歩でも……そして、次の日は……」

四日後のその日は、二月十五日。麻美が街を離れる日であった。

「健二さん……本当は写真なんかいらないんです……ただ、あなたと一緒にいたくて……」

麻美の切ない言葉が健二を動かした。雪希が出かけていて家の中は二人きりという状況も運命の歯車をカチリと噛《か》み合《あ》わせ、健二は麻美を抱きしめる。そして……。

☆　☆　☆

ベッドの上、お互いの息がかかるような距離で、二人は見つめ合う。

麻美の小さな頷きに、健二はその頬に添えていた手を襟元《えりもと》のリボンに移してそっと引っ張った。続いて、ブラウスのボタンを外そうとしたが、緊張のために上手くいかない。

「私も緊張してます……緊張してますけど、大好きですから……」

そう言って、両手で健二の頬を包み込んで麻美が微笑む。その励ましに落ち着きを取り戻した健二は作業を再開させ、麻美らしい慎ましやかなデザインのブラが露《あらわ》になった。

「先輩の胸ってやっぱり大きいよね……あっ、いや、いつもそう思ってたわけじゃなくて」

「いいんです。健二さんが喜んでくれるなら、私もその……嬉しいです」

ブラの布地に頬を寄せると、健二の耳に麻美の鼓動が聞こえる。

「トクン、トクンって先輩の音が聞こえる。ちょっと速くなってるかな」

「恥ずかしい…からです。でも、もっと速くしてもらっても……私を好きなようにしても」

麻美の求める声に、健二は脳の中心が痺《しび》れるような感覚を覚えた。ブラのホックを外して直接乳房を感じるだけでなく、指からこぼれるサラッとした髪から、頬、うなじ、肩、そして手の指一本一本に至るまで愛撫《あいぶ》を繰り返していく。

「ん……あふっ……こ、声が出てしまいます。浅ましい声が……んんっ！」

自らの指を口に持っていき声を押し殺す麻美の仕草が、健二の男心をそそる。染み一つないふくらはぎから腿《もも》に指と舌を這《は》わせていた健二は、遂に禁断の部分へと迫りつつある。

純白のショーツの表面に薄っすらと恥毛の翳《かげ》りが見えるその場所に。

「先輩……最後の一枚、取るよ」

顔を両手で隠した向こう側から、麻美の「はい…」というか細い返事がした。

ショーツの端に指をかけて、健二はゆっくりと下ろしていく。布地と秘所の間に名残惜《なごりお》しげにツーッと愛液による糸が伸びる光景に、健二はゴクリと唾《つば》を呑《の》み込《こ》む。

「俺の愛撫なんかで感じてくれたんだ。嬉しいよ、先輩」

「あなたのことを思うと、心が切なくなるんです。そうしたら、私、私……」

健二のあからさまな物言いに泣きそうな声で答えた麻美は、続いて「私も……」と彼のシャツのボタンに手を伸ばした。やがて、露になった健二の上半身に顔を埋めて小さなキスを繰り返す。

「健二さんの心臓の音も速くなっています。私と同じ。そして、一つに……」

麻美のその言葉通りに、二人が一つになる瞬間が迫っていた。

(目の前に白い光が舞ってるような……そんな気がする)

自身の浅黒い肌に比べて、透き通るような肌を持つ麻美を前に健二はそう思い、それを汚してもいいのだろうかと躊躇《ためら》う。

「先輩……俺でいいのか？　本当に俺なんかで……」

「『先輩』なんて嫌です……名前で呼んでください。そうしてくれるだけで、私は……」

「あ、あ、麻美……好きだ。愛してる……麻美……麻美ぃぃぃっ！」

絶叫でプレッシャーをかき消し、健二は麻美の中へと侵入を果たした。迎え入れるように広げていた麻美の両腕が健二の背中に絡む。

「んんんんっ！　この痛みもあなたが与えてくれたもの……だから……耐えられます……これで離れていても、私はあなたと……！」

目に涙を溜《た》めて、麻美は破瓜《はか》の痛みに耐える。その姿を見て自分の目にも涙が溢《あふ》れているのに健二は気付かない。ただひたすら「麻美、麻美…」と名前を呼び、腰を沈め続ける。

そして……健二はあえて麻美の中で精を放出させた。もし、結果として一つの生命が宿ることになれば麻美と離れなくて済むのでは……そんな身勝手だが狂おしいまでの想いがその行為にはあった。

胎内に熱い迸《ほとばし》りを受けた麻美の方も、セックスの絶頂感とは異なる深い満足感を得ていた。だからであろう、「ありがとう……」と彼女は小さく呟いた。

☆　☆　☆

写真を一緒に撮る約束だった翌日。

外はあいにくの雨だったので、午後に家を訪れてきた麻美と健二は部屋の中で翌日からの予定を楽しく語り合う。

「予定を一日ずらしてさ、写真は明日にして遊園地は……ん？　何か俺の顔についてる？」

「いいえ。ただ、健二さんがここで私を待っていてくれたんだなって思ったら、嬉しくなって……だから、そのお顔をじっと見つめていました」

「そ、そっか。でも、あんまりそんなことされると照れちゃうぜ」

身体《からだ》を重ねたことで心の結びつきも強くなった……その時は健二もそう思っていた。

だが、一つの事件が隠されていたものを剥《む》き出《だ》しにする。雪希のミスで子猫が雨の降りしきる外へと飛び出していってしまうという事件が。

「おにいちゃん、どうしよう……あのコ、まだ小さいし、車にでも轢《ひ》かれたら……」

「心配するな、雪希。そんなに遠くへは行けないはずだ。俺が探してきてやるから…な？先輩、そーいうことだから、ちょっと……」

健二がしょんぼりとした雪希から麻美に視線を移すと、そこにはそれまでの明るさとはうって変わったような暗い表情があった。そして、麻美はボソリと呟く。

「猫なんて…帰ってきません。見つかることなんて絶対にないんですから……！」

麻美は、今の出来事を幼少時の辛い思い出と照らし合わせ、それを途切れ途切れに語り始める……。

……周りの子供たちにのろまだと仲間外れにされ、一人ぼっちだった麻美の子供時代。

そんな時、麻美は雨上がりの公園で捨て猫と出会った。

『ねこさんも……おともだちいないの？　だったら、一緒にあそぼっか』

自分にとって初めての友達……捨て猫をそうだと信じた麻美はこっそり家に連れて行き、名前も『みーちゃん』と名付けた。そして、それを日課である日記にも書き記した。

《だんだ、だんだ、だんだーん。今日も元気にしゅっぱつだー！》

《（さあ、いくよ、みーちゃん）（にゃー、あさみ姫にゃーー！）》

《わたしたちは、むてきのふたり。だんだ、だんだ、だんだーん！》

いつもとは違う日記が書けて、初めて友達ができて、麻美は嬉しかった。

だが、猫の存在は両親に見つかり、呆気なく再度父親の手で捨てられてしまう。麻美は必死に両親を説得して何とか飼うことを許してもらい、父親と共に公園へと出向いたが、その時にはもう猫の姿はどこにも……。

……過去の傷を語り終えた麻美を、健二は静かに見つめる。

「……あの時、『みーちゃん』が帰ってきてくれていたら……私は一人ぼっちじゃなかったはずなんです。だから、猫は帰ってきません！」

勝手な思い込み……とは言い切れない麻美の孤独感を健二は感じた。以前に『野良猫さんは苦手だ…』と麻美が言ったのも、本当は自分がそうはなりたくなかったからなのだろうと理解する。だからといって、雨の中をさまよっている子猫を、その責任を感じて落ち込んでいる雪希を、健二は放ってはおけない。

「先輩……少し待っていてくれないかな」

そう頼む健二に、麻美は目を伏せて答える。「帰ります……」と。

「先輩、さっき話しただろ。明日は一緒に二人で写真を撮りに行くって……明後日は遊園地に行くって……約束したよな、俺たち！」

健二のその言葉には何も答えず、麻美はそのまま部屋を出ていく。

その背中に向かって、健二はもう一度諦《あきら》めずに声をかける。

「明日も先輩のこと待っているからな、俺は！」

☆　☆　☆

そして……自宅に戻った麻美は、自室でいつか健二の前で買った日記帳を開く。

「今日は……何があったかな？　お昼前には健二さんにあげるチョコレートを買いに……午後には健二さんの家に……うん、今日も楽しかった」

架空の友達、『みーちゃん』も登場する内容で、麻美は日記に今日一日の出来事を書き綴《つづ》っていく。健二の家を訪れたところまでは現実のことだったが、それ以降は全くの空想を日記上に記す、麻美。健二に会うまではそうしていたように。

《……帰り道は健二さんが送ってくれた。一つの傘に二人で入って。みーちゃんがちょっぴりヤキモチやいてる。ボクもあさみ姫の大事な友達なんだからねって……》

そこで一旦《いったん》、手を止めた麻美は、今書いたばかりの空想の部分の上にもペンを走らせていった。文字の上に文字が重なり、紙が黒く染まる。嘘《うそ》も含めて何もかも塗りつぶしていくかのように。やがて、ポキッとシャーペンの芯《しん》が折れた時、真っ黒になった紙の上には麻美の瞳《ひとみ》から落ちた『みずいろ』の滴が吸い込まれていった。

☆　☆　☆

その頃、雨の中を健二は子猫を探し続けていた。

「はあはあ……どこに行けば…いてくれるんだよ。ちくしょーっ！」

健二は街中を走り回る。「バシャッ」と水たまりに幾度も波紋を描きながら。

妹、雪希のためもあっただろう。子猫のことが心配なのもあっただろう。

だが、それだけではない。少しも論理的ではないが、麻美のためにも子猫を見つけなければならないと健二は思っていた。

道の真ん中で息を整えようと膝《ひざ》に手をついて立ち止まった健二の頭上に、そっと傘が差し伸べられた。傘を握る手は、自宅から再び駆けつけてきた麻美のものだった。

「先輩！　先輩もやっぱり心配で……」

何かを期待した健二の思いは裏切られる。麻美の虚《うつ》ろな瞳と告げられた次の言葉に。

「みーちゃん……やはり見つからないみたいですね。もう諦めた方がいいです」

唇を歪《ゆが》めて麻美が嘲笑《ちょうしょう》を浮かべる。健二はそんな麻美の笑みは見たくなかった。だから、ムキになって言葉を返す。

「俺は絶対に諦めない！　たとえ、今日見つからなかったとしても、明日……それで駄目だったとしても明後日……」

「あの時の父も同じようなことを言っていました。でも、みーちゃんは……それに、明日は私と一緒に写真を撮りに行くはずだったのでは？」

麻美の皮肉が健二には悲しかった。しかし、もう悲しんでばかりはいられない。健二は麻美に、いや、麻美の弱い心に正面から立ち向かおうとする。

「先輩……俺、前に先輩が語った絵本の話……本当は嫌いだった。ただ待っているだけの女の子の前には、いつまでたっても友達なんてやってこないよっ！」

「……！　でも……でも、健二さんは来てくれたじゃないですか。雨上がりのあの公園に来てくれた。だから、私は……」

「出会いはそうだったけど……でも、それだけで俺は先輩のことを好きになったわけじゃない！　先輩が学食で思い出を残そうと頑張っていたから……その後だって、先輩が俺と一緒にいたいって言って俺を必要としてくれたから……だから、俺は……！」

今まで心の支えにしていた絵本の話を否定されるのは、麻美にとって辛いことだ。だから、この場から立ち去ろうとするが、健二は引き止める。

「一緒に子猫を探そう、先輩！　待っているだけじゃあ駄目なんだよ。それに……先輩が俺を必要としてくれたように、俺にも先輩が必要なんだ！」

健二は先輩の手を握り、強引に引っ張っていく。まだ探していない場所、今の会話に出てきた公園へ。そして今、ふいに思い出した幼い頃の記憶、捨て猫が入っていた空のダンボール箱、それが置かれていた場所へ。

公園のベンチの下。そこで雨の難を逃れていたのだろう、子猫が身体を震わせていた。

「へっ……何が『ニャー。ニャー』だよ。手間かけさせやがって、こいつ！」

健二は見つけた子猫を拾い上げ、麻美にそっと手渡す。最初はおそるおそる手にしていた麻美は、やがて子猫をぎゅっと腕の中に抱きしめた。

「そーいえば、そいつ、まだ名前を付けてなかったんだよな。良かったら、先輩が付けてやってくれよ……つまりさ、俺もこいつもずっと先輩と一緒で……駄目かな？」

麻美は「みーちゃん…」と小さな声で口にした後、抑え切れない涙を流し続けた。そして、掠《かす》れた声で何かを呟いた。

健二にはそれが『お帰りなさい……』と言ったように聞こえた。それは、麻美も自分のところへ帰ってきてくれたのだろうと信じて、健二は子猫ごと彼女を腕の中に包んだ。

☆　☆　☆

そして……翌日は雨上がり。澄みきった空気と抜けるような青空の下、当初の約束通り健二と麻美は公園へ写真を撮りに来ていた。その場には、雪希の許可を取って麻美に引き取られることになった『みーちゃん』の姿もある。

少しバツの悪そうな表情で、麻美が健二に言った。

「あの……今更言うのもなんですけど、ある意味、写真は必要なくなりました。今日、両親を説得しまして、私、自宅から大学に通うことになりましたから」
それは、麻美がただ『待っている』だけではなくなった証しであった。
素っ気なく「そっか…」と返事をした健二だが嬉しさは隠し切れない。日頃は構うことのない子猫の頭を撫《な》でてやっていることからもそれは分かったが、思わぬ反撃を食らう。
「イテーッ！　こいつ、噛みやがった。おのれーっ、恩を仇《あだ》で返すとは……！」
「クスッ……ヤキモチ妬《や》いてるんですよ。私とその……健二さんのことを」
幸せそうに……本当に幸せそうに、麻美が満面の笑みを見せた。
あの日記にも、もう悲しい空想は書かれることはない。
《だんだ、だんだ、だんだーん。今日も元気にしゅっぱつだーっ！》
《つよい、つよい、健二さん。元気いっぱいのお姫さま。今日から一緒のみーちゃん》
《（さあ、いくよ、みーちゃん）（にゃー、あさみ姫にゃー）》
《（健二さんも一緒に、にゃー）（俺がふたりをまもってやるぞ！）》
《わたしたちは、むてきのさんにん。いつでも一緒。いつまでも一緒》
《だんだ、だんだ、だんだーん、むてきのさんにん！》

AFTERえちぃSTORY　『まっさぁじの効用』

木々の緑が鮮やかに息吹《いぶ》く季節。俺、『片瀬健二』は年上の恋人……う～ん、なかなかに良い響きだ。もう一度言おう。年上の恋人、麻美と連れ立って歩いていた。

今日は麻美の家に初めてのお呼ばれだった。実は一度家には行ったことはあるのだが、その時はあの子猫『み～ちゃん』が病気にかかったことで、泣きながら電話をしてきた麻美の声に駆けつけてすぐに病院へ運んだので、実質、家の中には入っていなかったのだ。

麻美の家族、今日のところはお母さんに対面することもあって、俺はいつもとは少し違う好青年風のファッションに身を包み、オミヤゲとしてケーキも持参している。

『お前のオミヤゲはいつもケーキか！』とツッコまれると、一言もないが。

「なあ、麻美。こんな格好で良かったかな。もっとフォーマルな感じでまとめて、ついでに『お嬢さんを僕にください…』なーんて言ったりして」

「えっ……？　あの……今日はウチにはみ～ちゃんしかいませんが」

麻美の言葉に俺は戸惑う。てっきり今日は俺を家族に紹介するのだと思っていたのに。

「今日はお礼がしたくて……この前、み～ちゃんを病院に連れていってくれたお礼を……」

俺は『お礼』という言葉に過敏に反応する。更に、麻美の言葉は続く。

「健二さんに喜んでもらえるよう、いろいろと勉強しました。今日はその成果を……」

ポッと麻美が頬を赤らめる。『いろいろと勉強…』なんて言葉を聞くと、俺の方もいろいろと妄想を巡らせ、股間《こかん》のレッドスネークがカモ～ンしてしまいそうだ。

「そ、それは楽しみだな……あっ、そーだ。まだ買っていく物があったんだ」

俺はペットショップに寄ると、猫用の玩具《おもちゃ》やら諸々、子猫のみーちゃんへのオミヤゲを買い込む。「優しいんですね…」と麻美は喜んでいたが、これも彼女との甘美な時間を邪魔されないためだと思えば、俺にとって必要経費のようなものだ。

この後の十八歳未満禁止の展開に胸ときめかせ、俺は麻美の家へ向かった。

☆　☆　☆

「…いかがでしたか？　その……妹の雪希さんにはかなわないでしょうけど」

「そ、そんなことないぞ。美味《うま》かったぜ、麻美の料理」

「そう言ってもらえると嬉しいです。私も勉強した甲斐《かい》がありました」

俺は心の中で、「勉強って料理のことだったんかーい！」と麻美にツッコむ。まあ、勝手に暴走していた俺が悪いんだけど。けど、今の俺にとってゴチソウとは麻美のナイスバディなんだ～と魂が叫び、実際にはハァ～と長いため息が口からついて出た。

「健二さん、お疲れのようですね……えーと、私が……マッサージでもしましょうか？」

俺は「ああ、頼むよ」と適当に返事をしたのだったが、それがこの日のえちぃタイムの始まり、俺を落胆から狂喜へと一変させるのだった。

☆　☆　☆

思えば、マッサージをするのにリビングからワザワザ麻美の部屋に行った時に気付くべきだったのだろう。いや、次に麻美のベッドに仰向けに寝かされた時には、もう俺にも何かが始まる期待があったのだ。まさか、あれほどのものだとは思っていなかったが。

「……健二さん、少しだけ目を閉じていてもらえますか？」

言われるままに視界を塞いだ俺の耳に、何やら衣擦《きぬず》れの音が……続いて、俺のズボンのベルトをカチャカチャと外す音と、麻美の「あっ、もうこんなに……」という声も。そして、ズボンと一緒にパンツまで下げられては、さすがに俺も目を開けざるを得なかった。

「えっ……うおーっ！　あ、麻美……マッサージはマッサージでも、これは上に漢字二文字がつくマッサージじゃないかーっ！　そ、それもスマタプレイというか……」

そう、下半身だけスッポンポンになった麻美が俺の腰の上に跨《また が》り、自らのアソコをスリスリと……いや、この状況を想像して濡れていたのか、ヌルヌルとこすり付けていたのだ。

「んんっ……ど、どうでしょうか。私、勉強しました。あなたに喜んでもらうために……いつもしてもらってるばかりだったから、練習したんです。毎晩、このベッドで……」

俺はその練習とやらを妄想してしまう。深夜、家族が寝静まった頃、色っぽいネグリジェを纏《まと》った麻美が枕《まくら》か何かを相手に、今のように腰を動かしてアソコを濡らせて……ある意味、一人エッチよりもずっと淫靡《いんび》だ。

「あ……又、あなたのが大きく……私までそういう気分になって……はぁぁん！」

俺は感動していた。麻美の初めてをもらって以来、Hも回数は重ねている。そのたびに麻美もだんだんと感じてくれているようだったが、性格と一緒でその反応は控え目だった。でも、今の麻美の乱れようを見ると……俺の今までの努力も無駄ではなかったのだ！

「つ、次はこういうのはどうでしょうか。恥ずかしいのですが、あなたのためなら……」

そう言って前かがみになった麻美は、『このためにある！』と言っても過言ではない大きな乳房で俺のモノを挟み込んだ。加えて……そう、まさに麻美は咥《くわ》えたのだ！　胸の谷間から顔を出したモノの先っぽをパクッと。男の憧《あこが》れ、パイズリ&フェラ！　特に、麻美がこうして俺のモノを口で愛撫してくれるのは初めてだったので、感激もひとしおだ。

「んふぅ……んくっ……はぁぁ、まだあまり上手くできなくて……だって、想像していたよりもずっと健二さんのが大きくて……あっ、私ったら……はむっ！」

俺のモノは実際にはそんなに大きくないと思うのだが、そう言ってくれる麻美が嬉しい。見ると、スマタによる刺激がなくなったせいか麻美の腰がもぞもぞと動いている。ここは俺の出番だと思い、麻美に気付かれないようゆっくりとシックスナインの体勢を取った。目の前に、麻美のぐしょ濡れのアソコと包皮が剥けかけ頭だけ顔を出しているクリトリスが広がる。これを見て、むしゃぶりつかない男がいるだろうか。いや、いない。そして、麻美にそうしていいのはこの世でただ一人、俺様だけなのだ！

「ひゃうん！　だ、駄目です。いつも私が先に達してしまうから、今日はあなたを……」

「じゃあ、どっちが先に相手をイカさせるか、競争だ。いっくぞーっ！」

俺は指を麻美の膣内《ちつない》に侵入させクイクイッと中で曲げ、クリトリスも口に含んで転がす。

麻美もフェラの方に集中し、喉《のど》の奥まで咥え込み、指で袋の方まで弄《もてあそ》んでくる。

数分後……先に音を上げたのは麻美の方だった。

「お、お願い……来てください……やはり、健二さんので達したいんです、私……！」

ちょこっと涙目になりながら訴える麻美。この表情に弱い俺は、すぐに挿入を試みる。

「はぁ〜、麻美のってすごいぜ。こーしてただ挿《い》れてるだけでも絞り取られるような……」

「い、意地悪です。健二さん、動いて…ください。私が壊れるくらいに……！」

麻美のこの言葉だけで、俺はイキそうになってしまう。少し慌てて、俺は腰を深く突き上げ始めた。それに応える麻美の反応も又、激しい。えちぃな喘《あえ》ぎ声が部屋にこだまする。

「す、すぐに達してしまいそうです。ですから、今日はな、膣《なか》に……くださいっ！」

「な、膣にって……麻美、今日は安全日なのか？」

「そ、そんなこと、どうでもいいんです……な、膣に欲しいんですぅぅぅっ！」

そう叫びつつ絶頂に達する麻美を前に、結局、俺は彼女の背中に放出した。

「健二さんの意地悪……」とジト目で抗議した後、麻美はこう呟いた。

「でも、いいです。まだ今日は一回目ですし……」と。

End

日和の章

それは健二がまだ幼かった頃《ころ》のこと……。

健二はグズる日和に根負けして、結局公園へサッカーをやりに行くのを中止した。

いつも日和に対して健二はそうだった。すぐに泣き出す日和を邪険に扱いながらも、健二の中には「こいつには俺《おれ》がついていてやらないと…」という思いがあった。

そんなある日、小さな事件が起きた。大人《おとな》の手でしか開けられず、当然健二にも無理だった部屋の隅に置いてある使っていないクローゼットの扉。それを日和が「ほら～、かんたんだよ～」と難なく開けてしまったことがきっかけだった。

それが、健二のプライドを激しく傷付けた。悔しさを晴らすために健二は「お前なんか、こーしてやる！」と日和をクローゼットに閉じ込めてしまった。

「こわいよ～、けんちゃ～ん。ひっく、ぐす……出してよぉ～！」

「しずかにしろよっ！　日和が開けられたんだから、俺だってすぐに……」

だが、健二がどんなに開けようとしてもクローゼットの扉はびくともしない。健二の耳に中から聞こえる日和の泣き声が響き、いっそうの焦りを誘う。

結局、日和が救出されたのは、夜に帰宅した健二の父親によってであった。

こっぴどく父親に叱られて、健二は泣いた。怒られたからではなく、心の底から健二は怖かったのだ。もし、このまま日和が出てこなかったらどうしようと思って。

はっきりとした自覚はなかったが、本当に相手を必要としていたのは日和よりも自分の方だったのだと健二は知らされた。

☆　☆　☆

そして、真に別れの時が二人に訪れる。その運命の日は、バレンタインデーだった。

雪希からもらった手作りチョコを誇らしげに見せる健二を前にして、日和は自分で作ったチョコを、雪希の物と比べて明らかに出来の悪いチョコを渡すことができなかった。

代わりに、日和は健二に問いかける。

「けんちゃん……もしもね、私がいなくなったら…さびしい？」

あまりにも唐突な質問に、健二はその重要性を感じられない。

「なに言ってんだよ、日和。ゼンゼン意味、わかんねーぞ。そーだ、お前も食ってみろよ。けっこー美味《うま》いんだぜ、雪希のチョコは」

「ホントだ……えへへ、美味《おい》しいね、雪希ちゃんのチョコ」

そう言った瞬間、日和は自分の胸が泣いたような気がした。甘いはずのチョコも苦い。

初めて作ったチョコも渡せず、本当に言いたかったことも言えず、失意のうちに日和は自宅に戻った。そして、母親に向かって保留していた答えを伝える。

「お母さん……私、引っ越してもいいよ……」

数日後……何の説明もないまま、日和は健二の前からいなくなった。

健二の心に、（なんでだよ……！）という思いを残して。

☆　　　☆　　　☆

春が過ぎて、夏も終わり……秋を越すと又、冬が来る。

それを何回も繰り返し、雪希から『おにいちゃん』と呼ばれるようになって何度目なのだろうかと健二がもう考えなくなった冬。いつまでも忘れたくないことも日常と時間が流してしまった頃……そんな冬が又、始まろうとしていた。

冬晴れのその日、ドアのノックの音で健二は目を覚ます。

「おにいちゃん、そろそろ起きてね。朝ご飯ももうできてるから」

そして、白い息が大気へと溶け込む中を健二は雪希と一緒に高校へと至る道を急ぐ。

「まだまだ寒いね〜。おにいちゃんが布団の中で丸くなってる気持ちも分かるよ」

「雪希、俺は猫か！　あっ、あれはコタツだったか。いずれにしても兄に対する暴言だ！」

仲睦《なかむつ》まじい兄妹の登校風景。それにツッコミを入れる者が登場する。

「おっはよー、雪希ちゃん。ついでに先輩も、以下略。にしても、いっつも仲いいよねぇ」

雪希のクラスメートの進藤さつきである。雪希に言わせれば『元気がよくて活発』、健二の意見では『とにかく喧《やかま》しい後輩』といったところだ。持論に従い、健二はさつきの後ろ頭に「少し黙れ！」とばかりにチョップを入れる。

「いったーい！　もぉ〜、先輩ったら。愛情表現にしてもちょっとヒドいですよ〜」

「ま〜だ、そんなことを言うか、進藤は。そーいう奴《やつ》には続いて、こうだーっ！」

さつきのこめかみに拳をぐりぐりし始めた健二を見て、雪希が慌てて止めに入る。だが、さつきの方は大して効いてないようだ。本当に愛情表現と思っているのかもしれない。

「あはぁ～ん、先輩～。そこ、けっこー気持ちいいかも」

「こらこら、変な声を出すな。ったく、イジメがいがない奴だな。『ぐっすん』とか泣き出してくれないと、やる気が起きん！　まっ、あの無意味面積リボンよりはマシだが……」

「……『無意味面積リボン』って誰《だれ》のことかしらねぇ、健二ー！」

憤怒《ふんぬ》の形相で健二の背後に迫っていたのは、小野崎清香だ。雪希やさつきよりも身長は低いが、れっきとした健二のクラスメートであり、彼のケンカ友達も兼ねている。

「うっ、いつのまに……！　やっぱりその頭にあるのはアンテナだったのか。しかーし、俺はお前ごときには捕まらない。片瀬健二様の必殺技の一つ、『俺ダッシュ』だーっ！」

「『俺ダッシュ』って単に走り出しただけじゃない。こらーっ、ちょっと待ちなさーい！」

……といった感じで、健二はいつもの日常を過ごしていく。

父親は長期の出張で、家族は血の繋《つな》がらない妹と二人きりの生活だったが、主婦業と学業を立派に両立させている雪希のおかげもあって、健二は特に生活に不満はなかった。

この日も夕食に出された雪希特製本場風味のマーボー豆腐に満足し、夜にベッドで眠りにつけば一日が平穏に終わるはずだったのだが……。

深夜、部屋の隅に置かれている、昔から使っていない無用の長物、クローゼットの中から突然ガタガタと音がした。同時に「ちょっと～、何、これ～、真っ暗だよぉ～」という少々マヌケな女の子の悲鳴が健二の耳に届く。

空耳かとも思ったが、音や声はいつまでたっても止《や》まない。おそるおそる子供の頃には無理だったが、今はコツが分かっているクローゼットの扉を健二が開けると、中から女の子が転がり出てきた。開けたら誰もいないというオチの怪談話までは予測していた健二もこれには驚きだった。

「ヴ～～っ、いった～い！　頭、打ったよぉ～」

「どーして、こんな場所から……ってゆーか、お前は一体誰だよっ！　何者だ？」

女の子は見た目は健二と同年代のようだったが、服だけが小さくサイズが合っていない。そのせいで、上半身では胸の谷間が、下半身では下のネコパンツが見えそうになっている。

女の子の方もなぜここにいるのか分からないようで、「いやーっ、誘拐犯！　私を食べても美味しくないよ～」などと騒ぎ始め、健二は慌ててそれを抑えにかかる。

健二の努力も虚《むな》しく、隣の部屋から物音を聞きつけた雪希が顔を見せる。

「…おにいちゃん、どうしたの？　夜中に騒ぐと近所迷惑だよ」

「ゆ、雪希！　これは違うんだ。俺は女を連れ込んだりは……！」

雪希が「？」といった顔で健二をじっと見つめる。

「だからぁ、おにいちゃん、何を一人で騒いでるの？」

どうやら雪希には女の子の姿が見えない……いや、見えるのは健二だけのようだ。部屋をうろちょろしながら、「おろおろ〜、あたふた〜」などと言っている女の子のことが。

「あんまり夜更かししないでね、おにいちゃん。朝、起こすの大変なんだから」

そう言って、雪希は部屋を出ていった。いつのまにか、謎《なぞ》の女の子の姿まで消えている。

まさに狐につままれたような気分に陥った健二は、何もかも忘れてしまおうと布団を頭からかぶって夢の世界へと逃れるのだった。

☆　☆　☆

翌朝。昨夜のことは夢だと思いたかった健二だが、床が濡れているのに気付いてしまう。それは点々と例のクローゼットの所まで続いている。意を決してクローゼットの扉を開けてみるが、そこに女の子の姿はなかった。床と同様に中は濡れていたが。

「おいおい、幽霊かよ……けど、あんなヘッポコな幽霊がいるか？」

おかげでその日は朝から謎の女の子のことに頭の中が支配され、雪希に「何、ボーッとしてるの、おにいちゃん」と何度も指摘される健二だった。

「そういえば……クローゼットからあの女の子が出てきた時、なんかデジャヴっていうのかな。変な気分になったんだよな」

そんなことを考えながら健二は放課後の帰り道にいた。そして、幼い頃は毎日の遊び場だった公園にさしかかった健二は、天の啓示を受けたが如《ごと》くに閃《ひらめ》いた。

「そーだよ！　服やネコパンツにも見覚えがあると思ったら……昨夜、あの女の子が見せた、オロオロアタフタのヘッポコぶりといい……そう、あの女の子は、あいつは……！」

閃きを信じて、健二は帰宅するとひたすら夜の訪れを待った。

深夜。昨日と同じような時間に又、クローゼットがガタガタと音を立てた。

扉を開けるとすぐに健二は、中から飛び出してきた、学習能力がないのか昨日と同様に頭を床に打ちつけている女の子に対して詰問する。

「お前さ、もしかして日和じゃないのか？　俺のこと覚えてないか？　健二だよ、健二！

小学校の頃、一緒に遊んでいた……」

「えっ……けんちゃん？　私をいつもイジメてた、けんちゃんなの？　どうしちゃったのよ、あの可愛《かわい》かったけんちゃんがこんなに老けちゃって……」

「バカ！　それを言うなら成長だろうが。お前だってそんなに胸がでっかくなって」

「キャッ！　み、見ないでよぉ～。もう、けんちゃんのエッチ！」

健二の推測が当たり、謎の女の子は幼い頃に引越しという事情で別れたままになっていた、『早坂日和』の成長した姿だった。しかし、分かったのはそこまで。

「それで、けんちゃん……どうして私、ここにいるの？」

「俺の方が聞きたいよ。なぜか、お前の姿は俺にしか見えないみたいだしな」

日和自身も自分がなぜここにいるのか分からない。それどころか、現在、住んでいる場所等の記憶もないと言い出す始末だ。「死んで幽霊になったのか？」とも聞けず途方に暮れるばかりの健二に向かって、日和は昔のようにお願いをしてくる。

「けんちゃん……この服、子供の頃のみたいなの。だから、恥ずかしくて……」

「ふむ、そーだな。ノーブラのようで胸の谷間もバッチリだし、パンツも食い込んで……」

「けんちゃんのイジワル～。ぐすん、何か着替え、貸してよぉ～」

これも昔からのことで、日和に泣きそうな顔で頼まれると健二は弱い。

他に手がなく、健二は女物の服を借りに雪希の部屋を訪れる。それがどういう結果を呼ぶのか、失念したままで……。

「雪希、実はお前の服を貸してほしいんだ。できれば、大きめのシャツとスカートを……」

「えっ！　えと、そ、その……おにいちゃんってそういう趣味があったんだ……心配しないで、おにいちゃん。私、誰にもこのことは言わないから。でも、シクシク……」

慌てて「違う。誤解するな！」と弁解する健二の後ろで、日和が呑気《のんき》に話しかける。

「雪希ちゃん、大きくなったねぇ……あっ、けんちゃん、できたら、ブラも欲しいなぁ。あと、パンツも借りてね。よろしく～」

健二は、「この状況でそんな物、頼めるかーっ！」と日和を怒鳴りつけたい気分だった。

☆　☆　☆

そんな騒動があったせいで、翌朝は健二も雪希もまともに顔を合わせられなかった。

朝食時、話題に困った健二は雪希に「日和のこと、覚えてるか？」と試しに聞いてみる。

「う～ん……あっ、日和お姉ちゃんのことでしょ。覚えてるよ。だって、おにいちゃんの好きだった女の子だもんね。もしかして、初恋だったりして。フフッ……」

「えっ……？　バ、バカ、違うって。何、言ってんだよ、雪希は」

その場はそう否定した健二だったが、やはりこの日の夜も日和がクローゼットから現れるのを待っていた。

深夜にいつもの如く健二がクローゼットを開けると、中から「ジャーン！」と雪希の服に着替えた日和が現れた。その笑顔を見て、昨日恥をかいた甲斐《かい》があったと健二は思う。

健二の微妙な男心とは無縁に、又、日和のお願いが始まった。

「あのね、けんちゃん。お腹《なか》が空《す》いてる…ような気がするの」

健二は「幽霊がそんなはずは…」という言葉を呑《の》み込《こ》んで、渋々ながらもキッチンへと日和を連れていった。残りご飯でお茶漬けという迅速で簡単なメニューで健二が済まそうとしていたところに、健二のことには勘が働くというか、又も雪希が姿を見せる。

「おにいちゃん、こんな時間にお夜食……えっ？　ふ、ふ、服が宙に浮いてるぅ！」

日和の姿が見えない雪希からは服の存在しか見えず、その状況は怪奇現象、アンビリバボー以外の何物でもなかった。そして、雪希は驚愕《きょうがく》から卒倒へと、現実逃避の道を選んだ。

「雪希ぃぃぃっ、しっかりしろーっ！」と、健二の慌ててる声が深夜のキッチンに鳴り響いた。

☆　☆　☆

一夜明けた翌朝。気を失った雪希のそばに、一晩中付き添っていた健二の姿があった。目を覚ました雪希に、日和から無理やりに取り上げた服を返却して健二は昨夜のことをゴマカそうと試みる。

「雪希……いきなり倒れたからびっくりしたぞ。お前もいろいろと疲れてるんだな」

雪希が「昨日の夜、この服が宙に……」と話を蒸し返そうとしても、「それは夢だ！」と健二は強引に押し切る。勿論《もちろん》、健二は深い罪悪感に苛《さいな》まれていた。

その日の夜は夜で、服を取り上げられてブーブー不平を言う日和相手に苦労する健二であった。雪希に付き添っていた昨夜の姿を見て、日和が嫉妬《しっと》しているとは彼も気付かない。

「…しょーがねえだろ。雪希を又、気絶させるわけにはいかないし」

「そんなぁ～。じゃあ、けんちゃん、パンツだけでもいいからお願い！　女の子が何日も同じ下着を穿いてるのなんて耐えられないんだよ。分かってよぉ～」

涙を浮かべて上目遣いに見つめてくる日和の視線に負け、健二はこっそり雪希のタンスの中からショーツを拝借するという暴挙に出た。下着泥棒、それも肉親の、という屈辱を胸の奥に閉じ込め、心の中で「スマン」と雪希に謝るのを忘れずに。

「わあ～い……あれっ、白なんだ。もっとオシャレな色のパンツが良かったなぁ～」

ここまでしてやっているのにそんなワガママを聞かされては、さすがに日和に甘い健二でも堪忍袋の緒が切れ、ポカリとその頭を叩《たた》くのだった。

☆　☆　☆

幽霊（?）の日和が健二の部屋のクローゼットに現れてから、一週間が過ぎた。

ほぼ連日、日和に振り回されていたが、健二は不思議とそれが嫌ではなかった。むしろ、毎夜、日和と会うのを心待ちにする健二だった。

この日の夜も日和を相手に、健二は他愛のない会話を楽しんでいた。

話題は、健二が先日ファミレスで目撃した、一つのドリンクを二本のストローで飲んでいたハズいカップルの話だ。日和が少し羨《うらや》ましそうな顔をしているのに、健二は気付く。

「カップルか……けんちゃんは、そのぉ、彼女とかいるの?」

「いるよ、沢山。人は俺を『ジゴロ屋ケンちゃん』と呼んでるくらいだからな」

「えっ……そ、そうなんだ。そうだよね、もう高校生だもんね、けんちゃん」

「……なーんてな。ウ・ソ・さ。何、ガッカリしてるんだよ。バーカ」

「あーっ、私のこと、からかったんだぁ。けんちゃんの方こそ、バカ、バカァ!」

醜態を見せてしまったことが恥ずかしくて、日和は健二の頭をポカポカと殴る。健二も「こっちは、コチョコチョの刑だ!」と反撃する。

「こ〜ちょこちょ〜♪　ほーれ、日和ぃ。どーだ、まいったか?」

「ま、まいっにゃ、ま、まいっにゃはは〜っ、にゃにゃっ、にゃ〜っ!」

じゃれ合う二人の様子は、らぶらぶな恋人同士そのもののようにも見える。

静かな深夜にそんなことをしていては隣の部屋にいる雪希が気付かないはずもなく、ドアの外から「おにいちゃん、どうしたの？」と声をかけてきた。

父親の教育方針から、部屋のドアに鍵《かぎ》はなかった。今にも入ってこようとしている雪希に、健二は慌てた。そして、重大なことにも気付いた。

「日和、早くパンツを脱げ！　又、雪希の目にはパンツだけが宙に浮いてることに……！」

「きゅ、急に言われても……第一、けんちゃんの前でそんな恥ずかしいことを……」

手段は選べないと、健二が無理やりパンツを引《ひ》き剥《は》がそうと日和相手にドタバタを繰り返しているうちに、雪希は部屋に入ってきてしまった。それも運悪く、ちょうど健二の手が日和の穿いているショーツにかかっている時に。雪希の目には当然、健二が自分のショーツを握り締めているようにしか見えない。仮に、見えたら見えたで、健二が日和を襲っているようにしか見えなかっただろうからマズい状況に変わりはなかっただろうが。

「お、お、おにいちゃん！　それって、私の下着……」

「待て、雪希！　いつも同じことを言うようだが……誤解するな。これには訳が……！」

真っ赤な顔をして、雪希は無言で部屋を出ていった。残されたのは、日和が慰める余地のないほど、激しく自己嫌悪に陥り、枕《まくら》を涙で濡らす健二の姿だった。

☆　☆　☆

翌朝は、又も兄妹にとって気まずいものとなった。

朝食時は昨夜のことにあえて触れてこない雪希だったが、登校途中にポツリと洩《も》らした。

「…もうすぐテスト だから、おにいちゃんも悶々《もんもん》としてたんだよね。でも……今度から私のその……アレをそういうことに使う時は一言、言ってね」

「ま、待て、雪希。それじゃぁ、まるで俺がお前の下着を使ってイケナイ遊びをしているかのような……断じて違うぞ! 俺はお前をそんな目で見てはいない!」

必死に弁解する健二に、思わぬ邪魔者がそれも二人もしゃしゃり出てきた。

「なーんか、兄妹で怪しい会話をしてるわねぇ。下着がどうのこうのって」

「き、禁断の愛ってやつですね、先輩! 雪希ちゃん、私は二人のこと応援するわよっ!」

言わずと知れた、清香とさつきである。ダブルで迫ってくる興味津々な口撃に、健二は慌てふためき、雪希は恥ずかしさでその場から逃げ出してしまう。

「と、とにかく、おにいちゃん。私はいつでも言ってくれれば、あげるからね」

最後に残した雪希の言葉が、更に清香とさつきの興味をそそったのは言うまでもない。

☆　☆　☆

原因はもともとその存在にあるのだから妙な話なのだが、妹の下着で自慰をする変態、そんな汚名を受けた健二の心を救ってくれたのは、日和であった。

深夜、テスト勉強に勤《いそ》しむ健二を見て、「私も手伝う」と日和は張り切る。

だが、初《しょ》っ端《ぱな》から数学の問題に詰まり、日和はシャーペンの先を口に咥《くわ》えて悩み始めるヘッポコぶりだ。その姿を見て、(このクセは昔から変わらないんだな)とクスッと笑った健二は、続いてある事実に気付いた。

(分からない問題があるとはいえ、こーして俺の勉強についてきてるってことは、日和が幽霊になったのもつい最近のこと……いや、幽霊と決めつけてるわけじゃないが……)

健二はそれとなく学校生活のこととかを聞いてみるが、やはり日和は覚えていない。

「…授業を受けていたような気はするんだけど、どこで、とか具体的なことは……」

そう言って、日和は視線を部屋の隅のクローゼットに移した。

「あのクローゼットを見てると、なんか切ないの。でも、それがなぜなのかは……」

「あっ、思い出した。昔、日和をここに閉じ込めてしまったことが……それでか?」

「ううん。それは私も覚えてる。でも、そういうのじゃないの。もっと何か別の……」

日和の表情からいつもの明るいものが失われる。健二の方はそれを見るのが切なかった。

「そーだな……じゃあテストが終わったら、どっか連れていってやるか」

「えっ、けんちゃん、ホント? わぁ〜い、嬉《うれ》しいよ〜。るんらら〜♪」

日和の顔がパァーッと明るくなった。(現金な奴だ)と思いつつ、気が付くと、健二の顔にも同じような笑みがこぼれていた。

☆　☆　☆

　定期テストの最終日。その結果はまだはっきりとした形で出ていなかったが、テスト終了後、健二は廊下で教師から「片瀬、春休みの補習、覚悟しとけよ」と宣告を受けた。

　それでも健二の足取りは軽かった。速攻で自宅に戻り、夕食が済むとすぐにクローゼットの前に陣取る。そして、カタッと音がした時にはもうクローゼットの扉を開いていた。

「わ、わ、わーっ！　けんちゃん、今日はすぐに開いたね。びっくりしたよ〜」

「まあな。クローゼットの前でずっと待ち構えて……あっ、いや、なんでも……それより、今日どこに行きたいかリクエストはあるか？」

「遊園地！」「却下！」「ヴ〜っ」と、いつものやり取りの後、健二が提案する。

「今日は近場にしとこうぜ。この街も日和がいた時とは随分変わったから案内してやるよ」

「うん、それでいいよ。ホントはね、けんちゃんとお出かけってだけで嬉しいし」

　そして、二人は連れ立って……傍目《はため》には健二ひとりで家を出た。

　が……雪希を二度に渡って驚かせた例の現象を、二人はすっかり忘れていた。

　繁華街に出た途端、日和のいる場所に向かって通行人たちが驚きの声を上げる。

「く、靴が……靴だけが勝手に動いて……いや、歩いてるーっ！」

　そう指摘を受けてやっと非常事態に気付いた健二は、人だかりができる前に日和を連れてその場から逃げ出した。人気の少ない公園でようやく落ち着いた二人だったが、日和にはショックな出来事なのには変わりない。

誰もいないベンチ、動かないブランコ……静まりかえった公園の一つ一つが、日和も幼い頃に遊んでいた場所だけに、今の沈んだ気持ちを募らせていく。

「私……やっぱり死んじゃってるのかな。こんな薄着でもゼンゼン寒くないし」

それは、ずっと健二が避けてきた結論だった。唇をギッと噛《か》み締《し》めると、健二は自分のしていたマフラーを日和の首に巻いた。

「そんなことを言うな！　寒いだろ、日和？　お前は寒いはずなんだ！」

健二の暖かい気持ちに触れることはできたが、マフラーの温もりを感じられないことで、いつもの明るさは失われたままの日和がそこにいた。

「…日和、ちょっとここで待ってろよ。すぐに戻るから」

そう言い残して、どこかに走っていった健二。戻ってきた時には、その手に一本の缶ジュースと二本のストローがあった。

「前にファミレスでのカップルの話をした時、日和、羨ましそうな顔をしてただろ。俺には全部、お見通しなんだよ。言っておくが、これは今日だけの特別サービスだからな」

日和が嬉しそうに「うん！」と返事をして、二人は一本の缶ジュースを二本のストローで一緒に飲み始めた。いや、途中から二人は飲むフリだけしていた。

「ねえ、けんちゃん。いつまでもなくならないといいのにね……」

日和のそんな言葉にはいつもなら「バカ」と言うであろう健二も、今は「そーだな…」

と答える。時折、頬《ほお》に当たる日和の柔らかい髪が、健二にそう言わせていた。

☆　☆　☆

そして……舞台は移る。

健二の知らない、そして彼の前に現れた日和も覚えていない場所に、彼女はいた。

とある病院の、脳外科病棟の個室。そこのベッドに、パジャマ姿の日和が寝ていた。

朝の陽光がブラインドを通して射し込む中、目を覚ました日和に母親が話しかける。

「…気分はどう、日和？」

「うん。今日は随分といいみたい。それにね、お母さん、私、夢を見てた。どんな夢なのかは思い出せないんだけど、とっても幸せな夢を」

交通事故に遭った日和が入院してから、もう二週間がたつ。外傷は大したことなかったが、脳に損傷を受けたせいで明日の二月十五日にその手術を控えている。成功率は低いが、放っておいたら命に関《かか》わるため、しなければならない手術であった。

「手術に備えて服用する薬のせいで今晩は眠れないかもしれないって、さっきお医者さんが話してたわ。でも、今日はお父さんも来るから、一晩中、お話でもしましょうね」

平静を装《よそお》いつつも、母親の言葉の端々に娘を失うかもしれない不安と恐れが垣間《かいま》見《み》える。

「お話も楽しみだけど……そうだ！　私が退院したら、家族水入らずで旅行にでも行こうよ、お母さん。うん、決めた、絶対、そうする！」

無理に明るく振る舞おうとする日和を見て、母親は涙が堪《こら》え切《き》れなくなる。それを隠すため、彼女は「ちょっと電話してくるね」と病室を後にした。

一人になった日和は、心の中で現実と向かい合う。

（あの日、事故に遭うまで、私は自分が死ぬなんて考えたこともなかった。そんなの、遠い所の、ブラウン管に映る世界だと……でも、もしも明日の手術が失敗したら、私は……）

日和は自分の過去も振り返る。父親の仕事の都合で転校続きだった今までのことを。

それを理由にしたくはなかったが、後悔することは山ほどあった。特に、勇気を出さなければならなかった時、笑うか泣くかしてゴマカし自分の気持ちを正直に口にすることができなかった心の弱さを、日和は後悔した。

そして、日和はその出発点となった出来事を、その時の自分の言葉を思い出す。

『けんちゃん……もしもね、私がいなくなったら……淋《さみ》しい？』という言葉を。

（あの時も勇気を出していれば変わっていたかもしれない……バレンタインデーに初めて作ったチョコをけんちゃんに渡す勇気があったら……そうすれば、「転校したくない。けんちゃんと離れたくないの」ってお母さんにも言うことが……）

鼻の奥がツンとなるのを、日和は感じた。でも、我慢した。もう泣くまいと。次に泣く時は嬉しくて泣こうと。日和が自分で決めた、勇気を出すための最初の一歩だった。

☆　　☆　　☆

同じ頃、健二は……テスト休みにも関わらず、朝からずっと部屋に閉じこもり、クローゼットが音を立てるのを待っていた。昨日は「今日だけ……」とか言っていたのに、二本のストローまで用意している。

「今日こそ言うんだ。日和に俺の気持ちを……好きだって……」

しかし、日が沈み、月が昇り、いつもの時間になっても、クローゼットからはコトリとも音がしない。何度かクローゼットを開けてみたが、そこにはやはり日和の姿はない。

持っていたストローが幾重にも折れ、健二の手の中でくしゃくしゃになっていた。

「どーして来ないいんだよ、日和。まさか昨日の、あんなことくらいで成仏して……違う！日和は死んでなんかいない。幽霊なんかじゃないんだから！」

健二の中で、同じような思いをした時の記憶が甦《よみがえ》る……。

……幼い頃、ある日突然、日和が学校に出てこなくなった。少しして、引越ししたのだと聞いた。「なんだよ、なんにも言わないで。でも、これでせいせいしたな」と、悲しがる雪希の前では言った。（イジメる相手がいないと少しさびしいかな）と思った。

だけど……もう日和の顔を、照れた笑顔を見られないと知った時……。

健二は泣いた……。

そして今……窓の外に薄い蒼《あお》が射し始め、遠くから新聞配達の自転車の音がする。

夜が明け、朝が来てしまったことを知って、健二はストローを投げ捨てた。

「バカヤロウ……」

たった一言そう呟《つぶや》き、健二は過去の自分をなぞるように……泣いた。

☆　☆　☆

「おにいちゃん、ご飯は……？　どこか体調でも悪いの？」

「いや、そーじゃない。悪いけど、一人にしといてくれないか、雪希」

涙を流し尽した後も、ずっと健二は自分の部屋に閉じこもり続けていた。

再度太陽が沈みかけ、夕焼けが健二の顔を染める。

「今夜こそきっと……けど、もし今夜も現れなかったとしたら、俺は……」

健二がそう弱音を吐いた時、ゴトッとクローゼットの中から音がした。弾《はじ》かれたように立ち上がった健二がクローゼットの扉を開けると、そこには「えへへ……」と照れ笑いを浮かべる日和の姿があった。

「日和……どーしたんだよ、昨日は！　どーして！」

「ごめんね、昨日は来られなかったみたいで……あれっ、けんちゃん、顔に何か跡がついてるけどぉ……もしかして、涙の跡だったりして～」

「あっ、いや、これはだな……お前が待ちぼうけを食らわしたりするから、あんまり暇でアクビが止まらなくて、それで……あれっ、そーいえば今日は早いな。まだ夕方だぞ」

「そ、そうだね…」と言葉を詰まらせた後、日和は健二にいつものようにお願いをする。

「けんちゃん……あのね、今日はバレンタインデーのやり直しをしたいんだけど」

健二は、バレンタインデーとは昨日の二月十四日のことだと思った。しかし、日和が考えていたのは、もっとずっと昔、手作りチョコを健二に渡せなかった日のことだった。

「しょーがねえな。じゃあ、今日は……そーだな。遊園地なんてどーだ？」

「えっ……でも、ほらっ、私、靴が……だから、あんまり人のいる場所には……」

「そんなの問題なしっ！　こーすればいいんだって……」

いきなり健二は日和をお姫様抱っこの形で抱きかかえた。

「あわわわ……ちょっ、ちょっと、けんちゃん！」

「これで遊園地まで行くんだよ。中に入れば裸足でも大丈夫だろ。さあ、行くぞ！」

日和を抱っこした体勢で健二は部屋を飛び出した。そのあまりの勢いに日和は「キャッ」と健二の首にしがみ付く。それはそのまま遊園地まで離されることはなかった。

☆　　☆　　☆

夕焼けが夜の蒼に変わる頃、二人は遊園地の入り口へと到着した。

「…日和も役に立つことがあるんだな。入園料が一人ぶん助かったぞ」

そんな軽口を叩きながら遊園地に入場した健二は、そっと地面の上に日和を降ろす。

「辛《つら》くなったら言えよ。すぐに又、抱っこしてやるからな」

「う、うん。でも、抱っこって言われると恥ずかしいよぉ〜」

ライトアップされた数々の施設の中を、健二と日和は並んで歩く。周りにいるカップルに見習って日和が少しだけスーッと寄り添っていくと、健二が無言でその手を握った。

「よーし、日和、あれに乗ろうぜ。お前、ああいうの好きだろ」

健二が指差したのは、コーヒーカップの乗り物。「うん！」と日和も頷《うなず》いて、二人は乗り込んでいった。カップが回転を始めると、周囲のネオンが流れる光線へと変わる。夜空に映る冬の星座も同様に線となり、日和は夢のような気分に浸る。だが……。

「…おいっ、あれ見ろよ。あいつ、男一人であんなもんに乗ってるぞ」

「…マジ〜？　チョ〜情けないってゆーか、見てるこっちが恥ずかしくなるってカンジ！」

例の如く、健二が男一人で乗っているとしか見えないことで、周りの者、特にカップルから冷やかしの声が上がった。それに気付いて、日和の顔がしょんぼりと曇る。

「けんちゃん、降りよう……私、もっと別の乗り物でも……」

「バカ、気にすんなよ、日和。あんなの言わしておけばいいんだって」

あからさまに指を差して嘲笑《ちょうしょう》する者もいたが、健二は気にしない。昨夜から今日にかけて味わった、二度と日和に会えないかもしれないと思った絶望感に比べたら、そんなことはどうということもなかった。

「それよりも……笑ってくれよ、日和。いつもみたいに明るくさ」

傍目には滑稽《こっけい》だと笑われる健二の姿も、日和には涙が出るほど嬉しかった。だから、健二の願い通りに、日和は笑った。子供の頃から夢に描いていたデートの光景、それすら霞《かす》んでしまうくらいに、今の日和は幸せな気持ちだった。

☆　☆　☆

遊園地を閉園ぎりぎりまで楽しんだ後、次に健二は日和をファミレスに連れていった。

「…この前のはちょっと卑怯《ひきょう》というか、日和の望みとは違ってたよな」

健二はそう言って、オレンジジュースを一つ、そしてストローを二本注文する。

ウエイトレスが笑いを押し殺しながら、注文通りにオーダーを運んできた。男一人で奇妙な注文をしている健二に対して、遊園地の時と同様に周りの客から笑い声が洩れる。

それらには一切構わず、健二は没頭する。日和が羨ましいと憧《あこが》れていた、二人で一つのジュースを飲むという行為に。逆に日和の方が今は躊躇《ためら》いを見せていた。

「そーいえば……あの時のカップルって、こんなこともしてたんだよなぁ」

健二は記憶の中の行為を再現させた。ジュースのグラス越しに日和とキスをかわす。

驚いて閉じた日和の目から涙が溢《あふ》れる。日和は健二との初めてのキスが嬉しくもあり、その反面、悲しくもあった。

「グスッ……やっぱり、私、他の女の子とは違うから……けんちゃんだって私が相手じゃなかったら、こんな風に笑われることなんてなかったのに」

「バカ言うなよ。俺はな、お前とがいいんだよ。お前じゃないと駄目なんだよ」

一種の告白が終わると、健二はストローを日和の指に指輪を模すように巻き付けた。

「高価なリングは無理だけど、まっ、今日のデートの記念だ。飽くまでも今日の、だからな。これからだって何度も俺はお前と……何度だってデートを……」

今すぐにも消えてしまうかもしれない、日和の不確かな存在が、健二の胸を締めつける。

だから、健二は日和をもっと感じたかった。心も身体《からだ》も全《すべ》て……。

☆　☆　☆

深夜。こっそり戻ってきた健二の部屋で二人は結ばれる……。

ベッドに横になった日和の髪がシーツにパァーッと広がる。顔にかかっていた数本を指で除《よ》けると、健二は緊張から震えを見せる日和の唇にそっとキスをした。唇の感触を確かめると、健二はおそるおそる舌を中に侵入させた。触れ合う舌に日和がビクッとしたのも一瞬のこと、やがて二人の舌は絡み合い、互いの唾液を味わっていく。

その最中にも、健二の手は首筋から肩口を経由して胸に移動した。そこは、キツキツの子供服に抑えつけられているせいで豊満な印象が強くなっている。

「これじゃあ、苦しかっただろ、日和。二つの突起もポツンと浮き出てるし」

「ヴ〜〜っ、けんちゃんったら、恥ずかしいこと言わないでよぉ……あっ……」

服をまくり上げると、日和の乳房がプルンと飛び出した。せっかく解放されたばかりのそれも、すぐに健二の手によって形を変えられていく。指を弾き返すような弾力を嬉しく思う健二は、更に乳を絞るかのように激しく揉み始め、その先端に舌も伸ばした。

「あんっ！　けんちゃん、そんなにしたら痛いよ～。もっと優しく……はぁうん！」

「痛いだけじゃないだろ、日和。こんなに乳首を硬くしてさ。もっとそーしてやる！」

健二は乳首を口に含むと、舌で円を描くように転がす。時折、歯で甘噛みしたりもする。

この執拗《しつよう》な愛撫《あいぶ》に、日和の口からも断続的に甘い声が洩れる。

「んはぁ、はぁん！　けんちゃん、熱いよぉ。オッパイの先っぽがすごく熱いのぉ！」

日和の反応を目にして、健二はゆっくりと手を下へと降ろしていく。到達した日和の大事な部分には、子供用のネコパンツには不似合いな湿り気が存在していた。

「あっ……！　ダメ、ダメェ！　けんちゃん、そこは見ちゃダメなのぉっ！」

急に激しい抵抗を見せる日和に構わず、健二はパンツを丸まった小さな物体に変えた。

「えっ……？　日和、お前、これは……」

日和が拒絶した理由は単に恥ずかしかったからではないことを、健二は知った。無毛でこそはなかったが、日和の恥毛はその年齢からすると不自然なほどに薄かったのだ。そのせいで、愛液を分泌し少し開きかけている秘裂が余す所なく健二の視線にさらされる。

「ヴ～、ヴ～～っ！　だから、ダメだって言ったのに～。恥ずかしいよぉ～」

「そんなことないぞ、日和。すっごくカワイイ。そう、食べちゃいたいくらいに……」

健二はその言葉を実践するように、日和の秘所に口づけしていった。愛液を舐《な》め取《と》る舌は秘裂に沿って往復し、宝石に似た光沢を見せている愛芽《あいが》にも伸ばされた。舌の動きに呼応して、日和も可愛い嬌声《きょうせい》を上げる。

「あっ、あっ、あ〜〜ん！　そ、そんな……けんちゃんが私のアソコを……んはぁあっ！」

日和の準備は整った。健二の方も股間《こかん》の分身が痛いくらいに屹立《きつりつ》を果たしている。

健二が「いいか？」と同意を求めると、日和は「ちょっと、待って」と告げて、逞《たくま》しさを誇示する彼の男にそっと手を伸ばした。

「熱い……それにすっごく硬いんだね。こんなのが私の中に入るなんて信じられないよ」

「怖いのか、日和？　お前が嫌だったらいいんだぞ。俺はお前の嫌がることは……」

「ううん、違うの。だって、けんちゃんなんだもん。けんちゃんだから……」

その時、健二は自分が言うべき言葉を思い出した。

「日和……昨日、お前が来なくて、俺、そのぉ……泣いちまったんだ。子供の頃、いつもお前を泣かせていた俺がだぞ。けど、それは別に恥ずかしいことじゃなかったんだよな。だって、俺はお前のことが……お前のことが……好きなんだから」

「けんちゃん……私、嬉しい……嬉しいよぉ。グスッ……うぅ……」

感激のあまり泣き出した日和に、健二はキスを……そして頬を伝う涙を舌で拭《ぬぐ》った。

「……あんなに何度も日和のこと泣かしたのに、涙の味を知ったのは初めてだな」

日和は胸から背中に回した手で、健二を強く強く抱きしめる。それは破瓜《はか》を迎えるための決意だったのだろう。日和の、狭く閉じられた未開の地に、健二の男性自身が道を開いていく、健二の動きに迷いはなかった。苦痛を訴える日和を見ても、そこに彼女の想《おも》いを感じ取り、健二は最後の果てる瞬間までしゃにむに突き進む。

「日和…愛してる……愛してるぞ……誰よりも俺は……！」

「わ、私もっ！　けんちゃん……このままずっと……」

胸が一杯になるような精の迸《ほとばし》りを自らの胎内に受け止めながら、日和はその後に続く言葉を喉《のど》の奥に封印した。『一緒にいたいのに……』という言葉を。

☆　☆　☆

激しく相手を求め合う時間が過ぎ、穏やかな余韻の中に健二と日和はいた。

一つの布団に一緒に包《くる》まり、ベッドの上で身を寄せ合う二人。

日和は天井に向かって手をかざし、その指にはめられたストローで作った指輪を大事そうに愛《いと》しそうに見つめる。やがて、ポツリと呟いた。

「ゴメンね、けんちゃん。あの時、私に勇気があったらずっとそばにいられたのかも……」

「あの時？　えっ、日和、何か思い出したのか？　記憶が戻って……」

健二の問いには答えず、やや沈んだ声で日和は話を続ける。

「けんちゃん……クローゼットの一番下の引出しを……そこに、私の想いがあるから……それさえ知ってくれれば、もう私は……」

「なんだよ、その言葉は。それじゃあ、まるでこれっきりみたいな……えっ、日和！」

健二の目の前で、日和の身体が薄く透き通るように消えていく。

「私を……見つけても……悲しい思いを……するだけだから……ゴメンね……」

それが日和の告げた最後の言葉だった。

日和の姿が消え、ベッドの上に、ストローの指輪がポトリと落ちる。

「日和…嘘《うそ》だろ……出てこいよ、日和……冗談なんだよな。どこかに隠れてて、『えへへ…』とか笑ってるんだろ……俺が見つけたら『びっくりした？』とか言ってきて……『いつも私をイジメてるお返し！』とか言ってきて……だから、出てこいよ、日和ぃぃいっ！」

健二は狂ったように日和を求めて部屋中を探し回る。頭の隅で無駄だと分かっていても、そうしなければいられなかった。

最後に辿《たど》り着《つ》いたのは、日和が言ったクローゼットの一番下の引出しだった。そこを強引に引き開けると、不器用にラッピングされた包みが一つ入っていた。

「これは……まさか日和が……？」

包みを開けると、中にはボロボロになったチョコらしき残骸《ざんがい》と、一枚のバレンタインデー用のメッセージカードがあった。

『すきです。けんちゃん』

カードには、たどたどしい文字でそう書かれていた。

「何が……何が『すきです』だよっ！　こんな所に隠しておくくらいだったら、どーして渡さなかったんだよ。そーすれば……」

青のペンで何度も何度も書き直した跡がある日和の文字の上に、俯《うつむ》いた健二の目から涙が落ちた。白いメッセージカードに、日和の文字が滲《にじ》んでいく。

「バカ日和が……ヘッポコのくせして俺を何度も泣かせるんじゃねーよ……」

淡い青から白へと溶けるように、日和の文字が『みずいろ』に滲んでいた……。

☆　　☆　　☆

そして……健二は日和の消息を追いかけ始めた。その末にたとえ絶望的な結果が待っていても構わない、そう思えるほど、健二の日和への想いは一途《いちず》に突き進む。

何週間かが過ぎた頃、健二は自分の住んでいる街から遠く離れた場所にいる日和の居場所を、今は病院に入院しているという情報を突き止めた。

すぐさま病院を訪れた健二は、『早坂』とネームプレートに書かれた病室のドアを開けた。そこには、手術に成功し、順調に回復に近付いている日和の姿があった。

「ひ、日和か？　本当にお前なのか？　会いたかった……会いたかったよ、お前に」

「えっと……どちら様でしょうか？」

健二を見た日和の第一声がそれだった。その瞳《ひとみ》も健二を未知の人物と認識している。

日和の最後の言葉を、健二は思い出す。

（『私を見つけても悲しい思いをするだけだから……』だったよな。そっか……理由は分からないが、つまり今の日和はクローゼットの中に現れた日和とは逆に、あの一月二十九日からのことは何一つ覚えてないのか……）

しかし、『悲しい思い』はそこになかった。日和と再会できただけで、健二は充分過ぎるほど嬉しかったのだ。

「え、えっと……あ、あの……クラスメートのかたでしたっけ？　私、あんまり物覚えがいい方じゃなくって……もしかして、お医者さん…ってことはないですよね～」

ヘッポコぶりは変わってないなと苦笑しつつ、健二はお見舞いとして持参した大きな花束を日和に向かって差し出した。

「これは、その……少し早いホワイトデー……いや、どちらかっていうと、遅い方かな。それも何年もたってしまった後の……」

そして、健二はきょとんとしている日和にこう語り始めた。

「覚えてるかなぁ。すっごく昔のことなんだけど……君をイジメてた男の子がいたことを」

日和が健二をあの『けんちゃん』だと思い出すには、それからおよそ三十分ほどの時間が必要だった……。

☆　　☆　　☆

その日から毎日、健二は自宅から日和の病室に通い続けた。

そして、吹く風が春の訪れを教え、厚手のセーターがニットのシャツへと変わる頃。日和も健二を『けんちゃん』と呼ぶようになっていた、ある晴れた水曜日のことだ。

健二は売店で買ってきたオレンジジュースと一緒に、二本のストローを取り出して、病室の日和に見せる。

「…これで一緒に飲んでみないか、日和」

「えっ、えっ、えーっ！　けんちゃんって、そういう恥ずかしいことする人だったんだ。昔とはちょっとイメージが違うね〜」

照れながらも決して嫌ではない日和は、ストローに口をつけた。同じように、健二も。

「わわわ……こんな近くでけんちゃんの顔を見ちゃうと……やっぱり恥ずかしいよぉ〜」

もじもじと手の中でストローを弄《もてあそ》ぶ、日和。いつしか自然にそれを自分の指にくるくると巻きつけていた。そう、指輪のように。

「日和……それって……」

「えっ、私ったら何を……あれっ、あれれっ……ど、どうして、私、泣いてるんだろう。あれっ、どうして……ねえ、けんちゃん？」

健二の目にも涙が滲む。

二人の物語はこれから再び始まる。その行く末を決めるのは運命などという曖昧《あいまい》なものではない。彼ら自身の意志がそれを……。

「…じゃあ、行ってくるね、おにいちゃん。夜は戸締り、ちゃんとしてね。それから……」

「分かってるって、雪希。心配しないで、お前は修学旅行を楽しんでこいよ」

そんな会話の後、雪希は「行ってきま～す」と玄関を出ていった。そしてドアが閉まると同時に、俺、『片瀬健二』の顔は、優しいおにいちゃんから邪悪な一匹のオスへと変化した。

「フッフッフ……さてと、あとは待つだけ、と。早く来い来い、日和ちゃん、ってね」

日和が無事に退院してからもう数ヶ月がたとうとしている。俺たち二人は今やすっかりらぶらぶカップルなわけだが、長距離恋愛のため、ただ会うだけでもままならない状況だ。まっ、やることはしっかりやっていたわけで……それにしても二度も日和の初めてを頂くことができたのは、男冥利《おとこみょうり》に尽きるというかなんというか。

だが、しかし、されど！　やっぱり日和とすぐに会えないのは辛い。そんな欲求不満も夜のお友達、えちぃ本とかで解消していたのだが、ある日、悲劇が起きた。

よりにもよって、先週、遊びに来ていた日和がヤボ用で俺が席を外していたスキに『掃除』の名目で数々のえちぃ本を処理してしまったのだ。それを俺が責めると日和は……。

「だって、だってぇ……けんちゃんが私以外の……でそんなことするのヤなんだもん」

……てなことを言いやがった。更に、俺が「お前だって一人エッチくらいするだろ！」と問い詰めると、「そ、そんなことするわけないでしょ！」とまで日和は言い切ったのだ。

そこで、俺は決心した。日和をとことんスケベに、お下劣に、淫乱《いんらん》にしてやると！

平日は会えずにいるため、悶々としている俺の切ない気持ちを分からせてやろうと！

そして、玄関のベルがピンポーンと鳴り響き、俺の日和への復讐劇《ふくしゅうげき》の幕が上がった……。

☆　☆　☆

「…今日は暑いよな。ほらっ、ノド渇いてるんだろ？」

そう言って俺がジュースを勧めると、日和は「ありがと」と言ってそれを飲み干した。

ジュースには薬が混入してある。「どんな女性も、コロリコロコロ。象だってウッフン、うずうず」という触れ込みの超媚薬《びやく》『象コロリ』が。その効果は昨夜、自分の身体で実験済みだ。おかげで一晩中うずうずが収まらず、危うく雪希を襲ってしまうところだった。

さて、飲み干してから数分後……うずうずが始まったのだろう、日和は顔を赤くさせている。頭もボーッとしてきたのか、急に何もない部屋の真ん中でステーンと転んでしまうほどだ。まあ、それはいつものことという気もしないではないが。

問題は、転んだ時にチラリと見えた日和のスカートの中だった。アソコが当たる部分にはしっかりとだ円型の染みが浮き出ていた。それもかなりの濡れようで、ヘアが薄い日和の特性も加味して、アソコの形が丸見えだったりした。

「あわわわ……けんちゃん、今、見えちゃった？　見えてないよね？」

自分でもヌレヌレ状態が分かっている日和はそんなことを言ってきた。そろそろ頃合《ころあい》だろう。俺はトイレに行ってくるとワザワザ口に出して部屋を出た。無論、それは真っ赤な嘘。俺は部屋のドアの前で耳を澄ませる。少しして日和の悩ましげな声が聞こえてきたのに合わせて、俺はそーっと部屋の中を覗《のぞ》いた。

「うっひょ〜〜〜！　これは予想以上だぜ」と心の中で俺は快哉《かいさい》を上げた。

床に腰を下ろした日和は、太腿《ふともも》を左右に大きく開いていた。既にえちぃな液は下のスカートにまで届いている。そして、足の付け根、濡れたパンツの上を日和の手がせわしなく動く……のも束《つか》の間《ま》のことだった。すぐに指はパンツの中に滑り込み、直接クチュクチュとアソコをまさぐり始めたのだ。イッツ・ショータイムってわけだ。

「あっ、ああん……ゆ、指が勝手に動いちゃうよぉ〜。けんちゃんが戻ってくる前になんとかしないと……んっ、んん〜っ！　けんちゃん、いいよぉ！　けんちゃぁぁぁん！」

じぶんでシながら俺の名前を呼ぶとは、なかなかポイント高いぞ、日和！　まっ、褒めてる場合じゃないか。日和の喘《あえ》ぎ声のトーンを見極めた俺は、イク寸前、そのタイミングを見計らって、部屋のドアを開けた。

「ただいま〜……えっ……な、なんとぉおっ！　あの清純な日和が一人エッチを……！」

やや大げさに驚いてみせた俺を見て、日和は「ち、違うの、これは……」と言って、自分を慰める手を止めた。つまり、これで日和はイケなかったわけだ。

「そっか……俺の部屋に充満する男の匂《にお》いを嗅《か》いで、我慢できなくなったってわけか」

「はぅん……そんなんじゃないよぉ〜。ぐっすん、だって、だってぇ〜」

日和の中で羞恥《しゅうち》と欲望が戦いを始める。トーゼン、俺はその欲望の方を応援してやろうと、日和のパンツをするするっと下げて奪い取り、それを広げて見せてやる。

「ほーら、こんなにパンツをぐっしょりさせて。クンクン……日和のえちぃな匂いがするなぁ。それに、ペロペロ……うん、この味も確かに日和の味だ！」

「あ〜ん、ヤダ、ヤダ、ヤダァアアッ！　そんなこと言わないでよぉ〜」

「正直になるんだ、日和。頭の中はえちぃな想像で一杯なんだろ？　アソコだって、ヒクヒクしてるんだろ？　俺が見ていてやるから思う存分、自分で慰めてみろよ」

ぷぷぷ……日和の奴、迷ってる、迷ってる。あと一押しかな？

「あの……その……けんちゃんが…して」

「へっ……？」

「じ、自分でするより、けんちゃんにしてもらった方が気持ちいいの。だから……」

戸惑う俺に向かって、日和は捧げるが如く大きく足を開いてきた。明るい室内の中、ここまではっきりと日和のアソコを見るのは、俺も初めてだった。

「じゃ、じゃあさ、日和。自分の指でアソコを開いてみてくれよ。そうしたら……」

迷わず日和は二本の指でアソコを菱形《ひしがた》に開いた。おーっ、このポーズはいつかえちぃ本で見たことがあるぞぉ！　これでこそ、えちぃ本を捨てられた恨みも晴らせるってもんだ。

「け、けんちゃん、早くぅ……私のここ、いじってよぉ……」

俺は慌てて指を日和のアソコに挿入した。なんか、主導権が変わったような気が……。

とにかく、一度理性のタガが外れると、日和は驚くほど大胆になった。

「もっと奥まで…」とか「一本じゃあヤダ。指、増やして…」とか「中で指、曲げて。掻《か》き回《まわ》してぇ…」とかの、録音して後で本人に聞かせてやりたいと思ってしまうセリフのオンパレードだった。

「ひゃうん、はぁぁん！　も、もうイッちゃうよぉ。けんちゃん、もう私……！」

「ま、待て。待つんだ、日和！　こ、こら、一人で先にイクな。ちょっと我慢しろ！」

俺は目にも止まらぬ速さでズボンとパンツを脱いだのだが……既に遅し、挿入している俺の指に熱い飛沫《しぶき》を浴びせ、日和は近所にも聞こえるような声を上げてイッてしまった。

仕方なく（半分くらいはそーしたかったのだが）俺は怒張した股間のモノを、絶頂の叫びのため大きく開いていた日和の口に突っ込んだ。それだけですぐに俺もイッてしまった。

そして、俺の精液が日和の口の中だけではなく、その顔中に……。

☆　☆　☆

その後……ドサクサまぎれに初の口内射精を成功させてとりあえずは満足した俺に対して、された方の日和のご機嫌は最悪だった。まっ、トーゼンだろうな。

「グスッ……ひどいよぉ、けんちゃん。いきなり、口に出すなんて……顔もベトベトになっちゃったし。少し飲んじゃったんだからぁ……ぐっすん」

マ、マズい！　ここはやっぱりフォローするべきだろう。

「ご、ごめん、日和。でもさ……これもお前のことが好きだからなんだよ。さっきみたいに少しえちぃな日和も、今の泣いている日和も、俺はみ〜んな好きなんだよっ！」

「えっ……けんちゃん、ホント？」

一瞬にしてピタリと涙が止まるのだから、日和は不思議だ。少し照れ臭いが、そんなところも含めて、俺が日和を好きなことに変わりはない。だから、時にはイジメてみたくなるのだが。

「…あっ、けんちゃん、ちょっとウチに電話してくるね」

「ん？　なんか用事でもあるのか？」

「違うの。えへへ……あのね、今日、お泊まりするってお母さんに……」

なるほど。媚薬の効果も今日のお楽しみもまだまだ終わっていないようだ。

End

エピローグ

日のあたる歩道を、健二はゆっくりと歩いていた。

ふと見上げた空には、青と白に混じって淡い水色が広がっている。

(ん？　現実にしては、道の先が見えないような……そーいえば、足元もフワフワしていて地面をしっかりと歩いてる気がしない……夢…なのか？)

そんなことを思いつつ、健二は自分が誰《だれ》かの手を握っているのに気付く。横を見ると、その柔らかさの主である女の子らしき姿もあった。

(やっぱり、夢だ。なにしろ俺《おれ》ときたら、彼女いない歴、長いしなぁ……けど、夢だとしたら随分と平凡な風景だよな。これじゃあ、いつもの普通な日常と変わらないぞ。別に大事件があるわけでも、ドラマのような波乱万丈もない普通の……)

そこまで考えて、健二は少し心がざわつく気がした。これが夢だとしたら、目覚めれば現実へと戻る。普通の日常に。常に動いている世の中で流れているだけの自分に。

一体どこまで流されるのか、どこまで行けば終わりなのかと、健二は考えてしまう。

「…つまり、問題は『普通』ってヤツだよな」

初めて発した健二の呟《つぶや》きに対して、横にいる女の子が「？」という顔をする。

「なあ、聞くけどさ……『普通』ってなんなのかな？」

聞き覚えのあるのんびりとした口調で、女の子は言った。

「はうぅ～、どうなんだろう。でも……私、普通って好きだよ。るらら～♪」

続いて、頭の上の大きなリボンを揺らして、女の子は言った。

「まあ、何が普通かなんて分からないけどね。頭の悪いあんたには特にね」

そして、こちらに元気を分けてくれるような声で、女の子は言った。

「普通って言っても充分、劇的ですよ、先輩！　笑ったり、怒ったり、泣いたりって」

少し間を置いて、独特のスローテンポで、女の子は言った。

「普通だと考えられるだけで、幸せなのでしょうね。あと、私はお餅《もち》もあれば……」

最後に、甘えるような口調で、女の子は言った。

「私はね、ずーっと一緒だったら普通でいいと思うよ、おにいちゃん！」

「えっ……『おにいちゃん』って……雪希なのか、君は？」

……そこで、健二は夢から覚めた。

徐々にはっきりとしてくる視界の先、そのドアの向こうからノックの音と、「おにいちゃん、朝だよ…」という妹、雪希の声が健二に聞こえる。

(…そっか。やっぱり夢だったのか。それにしても、変な夢だったな)

健二は雪希に「起きてるよ…」と返事をして、ベッドから起き上がった。

一月二十九日。健二にとって、高二の冬の一日が今、始まる……。

END

あとがき

どうも「ブラジルは来年日本に来ることができるのか?」と心配している高橋恒星です。

まず最初に、『銀色』に引き続きノベライズを了解(?)してくれました『ねこねこソフト』さんに御礼を言いたいと思います。筆者にとって同じメーカーさんの作品を続けて執筆するのは初めてでしたので、少なくとも「作者、変えろ」と言われなかったのだと勝手に理解しています。プロットのチェック等も含め、どうも有り難うございました。

さて、本書の内容に関しての話題に移りますと、今回は純愛ものをノベライズ化する際の禁じ手(といっても筆者が勝手に考えているだけなのですが)を使わせてもらいました。一種のパラレルワールド的展開と言いましょうか、主人公をヤリチンくんにしないための策とはいえ、『銀色』に続き、ダイジェストになってしまったのは御了承ください。

あと、アフターえちぃストーリーの導入についても悩み抜いた結果、今の形になった次第です。「各ヒロインのエンディングの余韻が台無し!」と思われるかたもいるでしょうが、あれも『みずいろ』の魅力の一つと筆者は考えていますのでやはり外せませんでした。

最後に筆者のゲーム後の感想を一言、「なんで清香ママは攻略できないんじゃー!」

何か言い訳が多かったような気もしますが、読者の皆様とは次回作でお会いしましょう。

二〇〇一年　七月　　高橋恒星

みずいろ

2001年9月25日 初版第1刷発行
2004年9月15日 第6刷発行

著 者 高橋 恒星
原 作 ねこねこソフト
イラスト 秋乃 武彦

発行人 久保田 裕
発行所 株式会社パラダイム
〒166-0011東京都杉並区梅里2-40-19
ワールドビル202
TEL03-5306-6921 FAX03-5306-6923

装 丁 林 雅之
印 刷 図書印刷株式会社

乱丁・落丁はお取り替えいたします。
定価はカバーに表示してあります。

〈パラダイムノベルス新刊予定〉

☆話題の作品がぞくぞく登場！

9月

208.朱-Aka-下巻 ～ラッテの願い～

ねこねこソフト　原作
清水マリコ　著

アラミスとカダンは真実を求め、再びルタのもとへと旅だつことに。その途中では、朱い石と深く関わった人々と出会っていく。はたしてルタが朱い石に託した、本当の願いとは…。

233.お願いお星さま

PULLTOP　原作
島津出水　著

ある日夜空を埋め尽くした流れ星。それはどんな願いも叶える『願い星』だった。ふとしたことからそのマスターに選ばれた陽介たちは、願い事を成就させるために大奔走。でもなぜかエッチなお願いばかり!?

9月